ARTA RAMADANI • DIE REISE ZUM ERSTEN KUSS

ARTA RAMADANI

Die Reise zum ersten Kuss

Eine Kosovarin in Kreuzberg

Roman – Jugend zwischen zwei Welten

DRAVA

Drava

DRAVA VERLAG • ZALOŽBA DRAVA GMBH
9020 Klagenfurt/Celovec, Gabelsbergerstraße 5
Telefon +43(0)463 501099
office@drava.at
www.drava.at

Lektorat: Dr. Carsten Schmidt

ISBN 978-3-85435-865-7

Inspiriert durch eine wahre Geschichte

„Ich hoffe, ich inspiriere Frauen, an sich selbst zu glauben; egal, wer sie sind, egal, wo sie herkommen, egal, welche Erziehung sie genossen haben."

Madonna Ciccone

Hallo Du,

freue mich, dass mein Buch in Deiner Hand gelandet ist. Du hast jetzt bestimmt angefangen zu blättern, die Geschichte zu erschnuppern. Irgendwas sagt dir, Du möchtest das Buch behalten, stimmt's?

Eras Geschichte klingt ja irgendwie interessant.

Flüchtlinge kennt jeder von uns. Manche aus der Schule. Manche aus der Nachbarschaft. Manche von der Straße. Und ganz viele kennt man aus dem Fernsehen. Jeden Tag wird allerdings auch teilweise über sie berichtet, als wären sie eine schlimme Krankheit. Dabei sind Flüchtlinge Menschen wie Du und ich. Sie haben Wünsche, Sorgen, Lieblingsmusik, ihr Lieblingsessen. Sind mal verliebt. Oder schlecht in Mathe. Viele, die zu uns gekommen sind, haben alles verloren. Daher sollten wir nett zu ihnen sein. Wenn Dir das schwerfällt, dann möchte ich Dir eine Frage stellen:

Was würdest Du tun, wenn Du in einem Kriegsgebiet leben müsstest? Wenn Du mitansehen müsstet, wie Deine Liebsten getötet werden?

Du würdest auch fliehen und nach einem besseren Leben suchen.

Mein Buch ist ein Roman, und ich lade Dich ein, direkt in Eras Leben einzutauchen. Meine Geschichte spielt zwar im Kosovo, aber sie könnte überall auf der Welt stattfinden.

Überall da, wo es Konflikte gibt und die Menschen frei und ohne Angst leben wollen.

Wenn Du noch mehr über die konkreten politischen und gesellschaftlichen Hintergründe des Kosovos erfahren möchtest, dann findest Du am Ende des Buches viele Antworten.

Jetzt wünsche ich Dir erstmal viel Spaß beim Lesen.

Ich glaube, Du hast beschlossen, mein Buch zu behalten. Juhu. Du kannst sicher sein, ich werde mich bei der guten Fee dafür bedanken. Denn, eines solltest Du wissen. Ich nehme Dich an die Hand. Durch die Zeit der Freude, der Wünsche und Geheimnisse. Der Ängste und Selbstzweifel. Und natürlich der ersten Küsse.

Herzlichst,
Arta Ramadani

Kapitelauswahl

1. Serbische Polizisten auf der Straße & Madonna im Radio

Prishtina, 1994

„Era, wir sehen dich. Geh ins Bett. Es ist spät. Und kalt. Du musst nicht immer alles mitbekommen, was wir hier so machen. Und stell die Musik leiser. Nicht alle mögen deine Madonna. Oder willst du, dass die serbischen Polizisten unsere Wohnung durchsuchen, weil sie denken, es geht uns zu gut?", sagte Tante Jehona zu mir und schaute mich nicht mal dabei an.

Wenn sie so mit mir sprach, zuckte es überall in meinem Bauch. Nicht, dass ich Angst vor ihr hatte, aber sie fand immer wieder Wege, mir den Spaß zu verderben. Das fand ich total gemein. Eigentlich sollte sie an diesem Abend auf mich aufpassen, da meine Eltern auf eine Party gingen. Ich war nicht begeistert. Denn ich wusste, dass Tante Jehona nichts davon machen würde, was meine Eltern ihr sagten. Wie zum Beispiel mir einen Hagebutten-Tee machen, mit mir Karten spielen, mir was vorlesen und mich anschließend ins Bett bringen. Sie tat nichts davon. Sobald meine Eltern die Wohnung verließen, behandelte sie mich wie Luft. Sie rief ihre Busenfreundin Shota an, die zufällig innerhalb von zehn Minuten zu uns kam, so als ob sie den ganzen Tag nur darauf gewartet hätte. Tante Jehona kochte zwei Tassen Mokka-Kaffee, den sie schnell tranken. Dann drehten sie die Tassen um, schüttelten sie ein bisschen und warteten sitzend auf der alten orangefarbenen Couch im Wohnzimmer. Nach fünf Minuten ging es los. Tante Jehona ließ sich von Shota die Zukunft aus der Kaffeetasse vorlesen.

Beide lachten laut und redeten so, als würden sie sich mit der Tasse unterhalten. Ich stand neben der Wohnzimmertür, hatte meinen blauen Schlafanzug schon an und konnte nicht glauben, was diese zwei da machten: „Shota, kannst du wirklich darin lesen?", fragte ich.

„Ich lese aus dem Kaffeesatz", sagte sie beiläufig.

„Na und wie soll das gehen?", fragte ich skeptisch.

„Na, einfach den Figuren auf dem Boden nachgehen, hier ist ein Baum, sehe ich grad", dann schaute sie Tante Jehona an und grinste.

Ich näherte mich den beiden und frage: „Darf ich auch mal gucken?", immerhin erschien mir diese Aktion doch sehr unlogisch.

Shota zeigte mir die Tasse: „Siehst du, hier unten ist der Baum, gegenüber ist ein Kreuz, und da unten ist das Herz", sagte sie im Ernst.

Ich hob die Augenbrauen: „Ich sehe eigentlich nur schwarz, sonst nix. Ich glaube, euch ist langweilig, deswegen macht ihr sowas", kam aus meinem Mund.

Tante Jehona verdrehte die Augen: „So, jetzt reicht es mir mit dir – du nervst. Geh sofort ins Bett. Putz dir aber vorher die Zähne. Und keine Musik. Verstanden?"

Ich tat was sie sagte. Ging genervt ins Bad. Ich hörte nur noch von weitem, wie sie zu Shota sagte: „Meine Nichte ist so anstrengend. So klein und so eine große Klappe. Seit sie diese Madonna im Radio gehört hat, ist sie nicht mehr auszuhalten. Ich glaube, Era wird meiner Schwester noch viel Ärger machen."

Dann lachten beide über mich.

Am liebsten hätte ich den beiden gesagt, dass sie sich ein Vorbild an Madonna nehmen könnten. Die sitzt bestimmt nicht nur so rum und lässt sich aus einer Kaffeetasse vorhersagen, ob sie eines Tages heiraten wird oder nicht. Das war nämlich der Grund, warum Tante Jehona so gerne den Kaffeesatz befragte. Sie wollte wissen, wer ihr Mann werden würde. Als ob die Kaffeetasse ihr auf so eine Frage eine Antwort geben würde.

Aber ich traute mich nicht, so mit ihr zu reden. Ich ging in mein Zimmer, machte die Musik aus, kuschelte mich unter meine rotblaue Decke und versuchte zu schlafen, während ich Madonnas Lied: „Like a Prayer" summte.

Es war Nacht und stockdunkel. Ich wollte nicht, dass die serbischen Polizisten unsere Wohnung durchsuchten.

Aber eine Sache nervt mich schon sehr lange: Tante Jehona behandelte mich wie eine Fünfjährige. Dabei bin ich schon zwölf und verstehe jede Menge.

Am nächsten Morgen saß ich in unserer kleinen, dunklen Küche und frühstückte. Ich aß Schokobrötchen, die Oma Emine für mich gebacken hatte. Alle sagten dazu llokums, nur ich nannte sie Schokobrötchen, weil Oma sie für mich mit Schokoladencreme füllte. Am Morgen schmeckten sie besser als je zuvor. Meine Mutter war dabei, ihre große grüne Stofftasche zu packen. Sie wollte, nachdem sie mich in der Schule abgesetzt hatte, noch einkaufen gehen. Sie sah um die Augen ganz schön müde aus. Wahrscheinlich ging die Party gestern lang.

Ich kaute weiter, mein Mund war voller Schokoladencreme, ich schloss die Augen, um alles in meinem Mund noch besser zu schmecken. Dabei dachte ich nach. Es gab eine Sache, die ging mir schon lange nicht mehr aus dem Kopf.

Mit geschlossenen Augen fragte ich meine Mutter: „Warum geht's Tante Jehona so schlecht?"

„Warum hast du die Augen zu?", kam als Gegenfrage von meiner Mama.

„Weil mir die Schokolade so besser schmeckt."

„Ah, so ist das", sagte meine Mutter. Ich hörte wie sie lächelte.

„Also, sag, warum geht's Tante Jehona so schlecht?"

„Ich habe es noch nicht bemerkt, dass es ihr schlecht geht. Wie kommst du darauf, Era?"

Ich schaute sie an: „Weil sie immer genervt ist. Egal, was ich ihr sage, sie flippt total schnell aus."

Mutter lächelte, während sie mir die Schokolade aus dem Gesicht wischte: „Tante Jehona wünscht sich einen Mann und findet keinen, der ihr gefällt. Vielleicht meinst du das. Aber das wird sich bestimmt legen. Wenn sie einen gefunden hat, geht's ihr bestimmt besser."

Ich nahm ein zweites Schokobrötchen, der gute Geschmack explodierte fast in meinem Mund. Oma Emine verstand es einfach, die leckersten Schokobrötchen der Welt zu backen. Sie mischte etwas Zimt in den Teig. Die Füllung machte sie aus einer Eier-Vanille-Schokocreme. Die Brötchen wurden frittiert, anschließend in Puderzucker getunkt. Einfach perfekt. Ich aß noch den letzten Biss, wischte mir den Mund und fragte etwas, worauf mir nicht einmal meine Mutter eine Antwort geben konnte:„Warum braucht Tante Jehona einen Mann, damit es ihr bessergeht, kann es ihr ohne Mann nicht gut gehen?"

„Das kannst du jetzt noch nicht verstehen, dafür bist du zu jung. Wenn du etwas älter bist, dann erkläre ich dir das", sagte sie blitzschnell.

Sie nahm meinen Teller, meine Milchtasse, legte sie in die Spüle, trug ihren roten Lippenstift auf und schnappte ihre grüne Tasche: „Los Era, wir müssen, die Schule wartet."

Als wir auf der Straße waren, auf dem Weg zur Schule, wir gingen immer zur Fuß hin, weil es nicht sehr weit von unserer Wohnung war, hörte ich Madonnas „True Blue." Egal, wo ich ging, ich hatte immer meinen Walkman und meine Madonna-Kassette dabei. Der Walkman war ein Geschenk von meinen Eltern zum zwölften Geburtstag. Madonnas Lieder hatte mir Onkel Agim auf einer Kassette aufgenommen.

Meine Mutter hatte mir an diesem Tag eine blaue Schleife in die Haare gebunden, so dass ich mich genauso fühlte, wie in Madonnas Lied. Auf der Straße war kaum ein Mensch. Es war Herbst, der Wind sang mit den Bäumen, die rotbraunen Blätter fielen vom Himmel. Der Boden war nass, voller Löcher und Schlamm, man musste aufpassen, wo man hintrat. Der Schlamm war wie Sekundenkleber, man bekam ihn sehr schlecht von den Schuhen. Drum herum waren ein paar Häuser zu sehen, sonst war alles wie ausgestorben. Aus der Ferne konnte ich ein paar serbische Polizisten erkennen. Sie hielten ihre Gewehre fest, klammerten sich sogar an sie, so als ob sie vor irgendetwas Angst hatten. Aber mir war das egal. Ich alberte herum, tanzte und sang, als würde mir die ganze Stadt gehören. Als wir ihnen näherkamen, sagte meine Mutter, ich solle leise sein: „Wir wollen die Polizisten nicht einladen in unsere Taschen zu gucken. So verlieren wir noch mehr Zeit und du kommst zu spät in die Schule."

Ich befolgte ihren Rat, hörte auf zu singen und machte den Walkman aus.

Die Polizisten hielten uns trotzdem an. Es waren drei. Alle drei trugen schwarze- blaue Klamotten, auf dem Kopf hatten sie Polizeihelme. Ihre Stimmen waren laut. Ihre schwarzen Schuhe voller Dreck, als wären sie tagelang durch Matsch gelaufen. Ich hatte keine Angst. Sie sprachen eine Art Geheimsprache mit meiner Mama. Sie musste ihre grüne Tasche öffnen, ihren Ausweis zeigen und ein paar Fragen beantworten. Sie war total nett zu ihnen, verzog keine Miene.

Während sie redeten, sah ich, dass die Polizisten die roten Schuhe der Mama musterten. Sie warfen sich gegenseitig Blicke zu und grinsten sich an.

Der eine Polizist, der ein bisschen weiter weg stand, wollte wissen, was auf meinem Walkman läuft.

Meine Mutter antwortete freundlich: „Madonna."

Der Polizist schaute mich an und zwinkerte mir zu. Einer von ihnen sagte was über Madonna zu seinen Kollegen und alle lachten sehr laut. Dann sagte er noch etwas Knappes zu meiner Mutter und wir durften gehen.

„Warum kann ich kein Serbisch, Mama?"

„Weil du es nicht können musst."

„Aber warum nicht?"

„Weil Albanisch heute erlaubt ist. Früher mussten wir Serbisch lernen."

„Ah so", kam es aus mir raus. „Dann habe ich ja so richtig Glück gehabt. Ich mag Serbisch eh nicht. Diese Sprache ist bescheuert."

„Keine Sprache ist bescheuert, Era. Je mehr Sprachen der Mensch spricht, desto mehr Welten kennt er", erklärte mir meine Mutter.

„Ich mag nur Englisch", während ich das sagte, versuchte ich den Schlamm auf der Strafe tanzend zu umgehen.

„Und was wollten die Polizisten von dir wissen, Mama?"

„Wo wir hingehen und was wir heute so vorhaben."

„Hä, die sind aber doof. Wir gehen doch nur in die Schule. Warum wollen sie sowas wissen?"

„Weil das ihr Job ist und weil sie sonst nix zu tun haben", erklärte mir Mama.

„Die haben aber eine blöde Arbeit, Mama."

Dann richtete sie meine blaue Schleife.

„Also, du und deine Schleife seht aus wie ein Weihnachtsgeschenk."

„Aber ich bin doch ein Geschenk Mama", sagte ich patzig zu ihr.

Danach musste sie lachen: „Und frech bist du, aber das steht dir gut", dann gab sie mir einen Kuss auf dem Kopf.

„Wenn du willst, kannst du jetzt Madonna weiter hören, Era."

„Okay" Ich drückte auf den Walkman.

„Welches Lied läuft?", wollte sie wissen.

„Immer noch True Blue, konnte ich ja nicht zu Ende hören“, sagte ich laut.

„Du und deine Madonna. Zum Glück hat Onkel Agim alles aufgenommen. Ohne ihn wären wir aufgeschmissen.“

„Onkel Agim ist der beste Onkel der Welt“, sagte ich im Ernst.

Zum ersten Mal hörte ich Madonna im Radio singen. Da war ich in der Küche und aß Milchreis mit Erdbeermarmelade. Es war Samstag, 12 Uhr, es war September, es regnete. Da war ich elf. Als ich „Material Girl“ hörte, kribbelte es überall. Nase, Hals, Bauch, Beine, Po. In mir ging ein Feuerwerk ab. Ich fing an, in der Küche herumzutanzen und herumzuspringen. Ich weiß nicht, was es war. Aber es war etwas, das mein ganzes Herz umarmte. Seitdem liebe ich Madonna. Ihre Musik ist wie eine beste Freundin, immer bei mir. Sie gibt mir Kraft und macht mich stark, egal wie gemein die Erwachsenen zu mir sind. Onkel Agim nimmt seitdem Madonnas Lieder für mich auf, damit ich keins verpasse. Er findet Madonna auch super. Und freut sich, neue Lieder zu entdecken, mit denen er mich überraschen kann. Ich glaube, Onkel Agim hat mich doll lieb.

Madonna ist für mich so jemand wie der liebe Gott für Oma Emine. Oma betet abends immer Richtung Mekka und singt etwas auf Arabisch. Sie sagt, sie bedankt sich so beim lieben Gott. Gott heißt bei ihr Allah. Sie sagt, dass ihr Gott sie beschützt und stark macht. Deswegen bedankt sie sich immer.

Also ist es wie bei mir mit Madonna, ganz klar. Wenn ich Oma Emine sowas sage, lacht sie laut und gibt mir 1001 Küsse.

Era ist kosovo-albanisch und bedeutet Wind, ich bin auch ein bisschen wie der Wind. Obwohl ich so klein und jung bin, kann ich auch die großen Leute umhauen. Ich bin wie ein großer, schwerer Tornado. Ich rede viel, stelle viele Fragen, singe laut, mag am liebsten alles in Rot, esse viele Schokobrötchen von Oma Emine und mag die Stimme meines Klassenkameraden Gezim.

Wenn ich mich freue, dann bekommen das alle mit, denn ich springe minutenlang in die Luft. Wenn ich traurig bin, esse ich besonders viele Schokobrötchen. Traurig machen mich Menschen wie Tante Jehona, die immer nur am rumnörgeln sind. Aber auch andere Erwachsene, die meinen, Dinge vor mir verheimlichen zu müssen. Das fühlt sich so an, wie wenn der blaue Himmel plötzlich ganz grau wird und die Sonne sich zu einem Eisklotz verwandelt. Dadurch geben mir Erwachsene das Gefühl, total unwichtig zu sein. Das ist natürlich ungerecht, denn ich finde, auch Kinder sind wichtig und haben es verdient, dass man ihnen die Wahrheit sagt und sie respektiert.

Naja, und eine Sache, macht mich ganz besonders traurig: Ich werde wohl nie im Leben ein Konzert von Madonna besuchen. Hier, wo ich lebe, würde Madonna niemals hinkommen. Hier sind viele Polizisten auf der Straße. Die Menschen haben keine Arbeit, sind arm und haben viele Sorgen. Hier erfriert sehr oft die Sonne zu einem Eisklotz. Ich vermute, Madonna würde es bei uns nicht gefallen. Sie kennt bestimmt nicht mal den Namen der Stadt, in der ich wohne.

Wie soll sie da auf die Idee kommen, hier ein Konzert zu halten?

Aus dem Küchenradio spricht manchmal eine Frau. Sie sagt dann, dass Madonna auf Reise geht. Sie gibt Konzerte in Deutschland, England, oder Frankreich. Papa sagt, das sind reiche europäische Länder, die sind sehr weit weg. Um dorthin zu gehen, braucht man viel, viel, viel deutsches Geld. Und das haben meine Eltern nicht. Ich fühle mich oft, als würde ich unter einer großen Glasglocke stehen. Ich sehe zwar alles, bin aber nirgends mit dabei, weil diese blöde Glasglocke alles fernhält.

In der Schule würde ich am liebsten neben Gezim sitzen, aber das geht auch nicht, meine Klassenlehrerin will nicht, dass Jungs und Mädchen zusammensitzen.

Einmal, da habe ich ganz laut in der Klasse gesagt, dass ich neben Gezim sitzen will, da haben mich alle ausgelacht. „Era liebt Gezim“ haben sie ganz laut gerufen. Meine Klassenlehrerin hat sich sogar bei meinen Eltern über mich beschwert. Sie hat gesagt, ich sei vorlaut. Das gehöre sich für ein Mädchen nicht. An dem Tag habe ich in der Schule geweint. Als meine Eltern mich nach dem Unterricht abholten, weinte ich noch mehr. Ich erklärte ihnen alles.

„Du hast nichts Falsches gemacht, Era. Es ist doch toll, wenn du genau weißt, was du willst. Du bist unser Goldschatz. Wir haben dich lieb, genauso wie du bist.“

Ich schluchzte: „Aber warum sagt meine Lehrerin, Mädchen und Jungen dürfen nicht nebeneinandersitzen. Was ist an Jungs so schlimm?“

Mama wischte mir die Tränen weg: „An Jungs ist nichts schlimm, Era. Sie sind genauso so süß wie du. Deine Lehrerin hat wahrscheinlich Angst, die Jungs würden euch Mädels zu sehr ärgern, es würde unruhig werden in der Klasse, und so könnte sie keinen Unterricht halten.“

„Gezim ist total lieb, er tut doch nix“, sagte ich weinend.

„Deine Lehrerin kennt ihn ja nicht so gut wie du“, antwortete Papa.

„Meine Lehrerin ist blöd“, sagte ich laut.

Meine Eltern beschlossen, mit mir zum Lieblingsbäcker zu gehen, um frischgebackene Schokokuchen zu besorgen. Da gingen sie immer mit mir hin, vor allem wenn es regnete. Als ich im Laden war und die bunten und leckeren Kuchen auf der Theke sah, war die Trauer wie weggepustet.

2. Kleine Stadt, große Sorgen

Prishtina, 1994

Meine Heimatstadt heißt Prishtina. Die Gegend, in der wir wohnen, heißt Sonnenberg. Mein Name Era bedeutet „Wind“ und kommt aus der Sprache der Illyrer. Von denen stammen wir ab, sagen Mama und Papa. Die Illyrer waren ganz frühe Bewohner Europas, selbst vor den Germanen und den Briten waren die Illyrer da. Sie lebten auf schönen Burgen, einige von ihnen waren Ritter. Vor allem die illyrischen Frauen sollen schön und mutig gewesen sein. Sie fürchteten sich vor nichts und niemanden. Also waren sie so wie Madonna.

Das gefiel mir besonders. Und jedes Mal, wenn Tante Jehona sich über mich lustig machte, oder von mir genervt war, dachte ich an die mutigen Illyrischen Frauen. Sie hätten mich bestimmt gemocht, malte ich mir im Kopf aus.

Meine Eltern haben mich sehr lieb. Sie umarmen mich oft oder knutschen mich ab. Ihnen ist es wichtig, dass es mir gut geht. Sie achteten zum Beispiel sehr genau darauf, wie die Lehrer mich in der Schule behandelten. Oder ob ich genug Obst und Gemüse esse. Oder ob ich genug schlafe und auch wirklich die Mathehausaufgaben gemacht habe.

Sie wollen alles wissen. Sie reden viel mit mir und erklären mir alles Mögliche.

„Ich finde Mathe blöd. Macht gar keinen Spaß. Total langweilig und sinnlos“, beschwerte ich mich gerne.

„Du willst doch wissen, wie viel Schokolade du für fünf Mark bekommst, Era. Dafür brauchst du doch Mathe!“, versuchte Mama mich zu überzeugen.

„Ich will keine Verkäuferin werden. Wozu muss ich rechnen können?“

„Mathe begegnet dir überall im Alltag. Zum Beispiel, wenn du in einen Aufzug steigst, willst du doch wissen, in welches Stockwerk du fahren musst. Dafür musst du doch die Zahlen können“, sagte Mama.

„Die kann ich. Das reicht doch“, sagte ich plump.

„Mathe ist wichtig im Leben, auch wenn du das nicht gleich siehst. Mach lieber deine Hausaufgaben ordentlich“, sagte Papa.

„Oh, Papa, du nervst“, was anderes fiel mir nicht ein. Denn insgeheim wusste ich, dass er irgendwie recht hatte.

Meine Eltern erzählten mir aber auch oft halbe Wahrheiten. Sie denken, ich würde das nicht merken. Ich glaube, sie wollten mich beschützen, damit ich mir nicht so viele Sorgen machte. So schmücken sie die Erwachsenengespräche für mich aus: Die Geldscheine kamen „aus einer großen Fabrik in Deutschland.“ Onkel Agim hat seinen Arbeitsplatz „weitervergeben“, weil er mehr Zeit mit seiner Frau, Tante Anita verbringen wollte. Mamas Schwester Tante Lirie ist mit Sack und Pack nach Schweden gegangen, weil sie dort die „viel schönere Wohnung bekam.“ Und die serbischen Polizisten waren auf der Straße, weil sie für Sicherheit und Ordnung sorgten.

Die Wirklichkeit war aber so: Onkel Agim musste seinen Job abgeben. Sein serbischer Chef wollte keine albanischen Angestellten. Tante Lirie ging nach Schweden, weil sie es leid war, keine Arbeit zu haben und immer arm zu sein. Das Geld kam nicht aus einer Fabrik aus Deutschland, sondern von der Bank. Und die serbischen Polizisten hatte ein Mann namens Milosevic geschickt, um das Leben von Papa und Onkel Agim schwer zu machen.

Ich tat so, als würde ich meinen Eltern alles glauben.

Ich wollte auch nicht, dass sie sich um mich sorgten.

Eines Abends bekam ich eine Unterhaltung von ihnen mit. Einfach so. Sie dachten, ich würde schlafen, weil es spät am Abend war, aber ich tat nur so. Die Tür zu meinem Kinderzimmer war nicht ganz zu, unsere Wohnung war eh sehr klein, so dass ich auch die Geräusche jeder Ameise mitbekam. Meine Eltern hatten an dem Abend Kerzen angezündet, Schafskäse und Trauben auf dem Tisch gestellt und eine Flasche Rotwein geöffnet.

Sie saßen auf unserer orangenen Couch, steckten unter einer Decke, weil es draußen kalt war und die Heizung in unserer Wohnung mal wieder ausgefallen war.

„Era wird immer wachsamer, ich denke bald können wir ihr keine Märchen mehr erzählen, wir müssen besser aufpassen, was wir ihr sagen", sagte mein Papa leise und trank seinen Wein.

Nach einer kleinen Pause antwortete Mama: „Wir lügen sie ja nicht an, wir verharmlosen die Dinge nur etwas, ist doch nicht so schlimm; sie muss ja nicht immer alles so genau wissen. Wir machen das schon."

„Ich hoffe, du hast recht", sagte mein Vater.

„Ich habe immer recht", sagte Mama.

Dann lachten beide und aßen ein paar Trauben, die sie am Mittag in der Kleinmarkthalle am Rande der Stadt gekauft hatten.

An diesem Abend beschloss ich, meine Eltern nicht mehr mit allen möglichen Fragen zu löchern.

Mama, Papa und ich leben also in Prishtina. Mein Papa heißt Besnik und mag die Filme von James Bond; er mag dunkle Schokolade, Äpfel und Rotwein. Meine Mama heißt Lule und mag die Musik von Eli Fara; sie mag gelbe Tulpen, trinkt jeden Tag zwei Tassen Mokkakaffee und trägt immer roten Lippenstift. Zudem ist Mama ein großer Deutschlandfan. Sie sagt, dort sind die Menschen alle gleich: Frauen, Männer, Alte, Kinder, Behinderte und so weiter.

Ich bin Einzelkind, was richtig untypisch ist für die Menschen hier. Sie mögen Kinder und haben viele davon. Vor allem mögen sie Jungs. Jungs finden sie richtig toll. Wenn ein Junge geboren wird, freuen sich alle. Wenn ein Mädchen geboren wird, freuen sie sich auch, aber nicht so, wie wenn ein Junge geboren wird. Das habe ich einmal im Dorf meiner Großtante Hannah beobachtet. Ihre Schwiegertochter brachte einen Jungen zur Welt, obwohl alle dachten es würde ein Mädchen werden. Großtante Hannah fing an, wie eine Verrückte zu tanzen während sie gleichzeitig Baklava backte, als sie von der Nachricht erfuhr.

„Papa, warum freut die sich so? Was ist an Jungs so besonders?", frage ich damals.

„Nichts, Era, Großtante Hannah freut sich, weil der Junge gesund zur Welt gekommen ist."

„Nein, Papa, sie hat sich gefreut, weil das Baby ein Junge geworden ist, das habe ich genau gehört", sagte ich trotzig.

„Ah, Era, du hast dich bestimmt verhört. Babys sind Babys. Egal, ob Jungen oder Mädchen. Hauptsache, sie sind gesund."

„Du erzählst mir nicht die ganze Wahrheit, Papa", sagte ich genervt.

Dann bohrte ich weiter: „Hat sich Großtante Hannah auch über meine Geburt so sehr gefreut?"

„Ich kann es dir nicht sagen, denn ich war an dem Tag bei deiner Mutter im Krankenhaus, aber ich vermute, sie hat sich bestimmt auch über deine Geburt sehr gefreut", sagte mein Vater konzentriert. Er fuhr sehr vorsichtig, er hatte sich an dem Tag das Auto von Onkel Agim ausgeliehen. Das Auto war wirklich eine Schrottkiste. Eine alte, weiße, serbische Zastava, die immer wieder stehen blieb.

„Ich glaub nicht, dass Großtante Hannah sich über meine Geburt so gefreut hat. Sie mag nur Jungs", sagte ich entschlossen.

Mein Vater schwieg und fuhr einfach weiter, so als hätte er mich nicht gehört.

Wir leben in Prishtina, wir sind Kosovo-Albaner, wir sprechen Albanisch. Wir sind Muslime, aber nicht solche wie die in Arabien oder in der Türkei. Wir sind andere Muslime, solche, die im Ramadan fasten, aber trotzdem Rotwein trinken. Wir sind moderne Muslime, so erklärte mir das Onkel Agim, der beste Freund meines Papas.

Die meisten Menschen im Kosovo sind Muslime. Aber es gibt auch jede Menge kosovo-albanischer Christen. Das sind auch moderne Christen.

Wenn Onkel Agim ein bisschen zu viel Raki getrunken hat, sagt er komische Sachen zu mir: „Era, egal wohin du gehst, egal wie alt du bist, vergiss nie: unsere Vorfahren waren Christen, aber die Türken haben viele zu Muslimen gemacht. Als Albanerin ist es egal, welche Religion du hast. Die Hauptsache ist: Du bist Albanerin. Wir können Christen und Muslime, Juden und Buddhisten sein, aber eines haben wir alle gemeinsam: wir sind Albaner. Unsere Nation steht über unsere Religion."

„Aha", dachte ich. „Also ist es egal, an welchen Gott man glaubt, Hauptsache man ist Albaner", sagte ich.

„Genauso ist es, mein Kind, genauso", sprach Onkel Agim bestimmt.

Onkel Agim ist der einzige unter den Erwachsenen, der mich ernst nimmt. Er erzählt mir immer alles so, wie es ist. Deswegen mag ich ihn sehr.

Wenn ich mit ihm rede, komme ich mir sehr groß vor.

Da fühle ich mich dann so, als würde ich auf den blauen Himmel schauen und die gelbe warme Sonne würde mir zuwinken.

Onkel Agim trägt einen Bart, hat aber sonst keine Haare auf dem Kopf. Wenn er lacht, dann bilden sich Grübchen in seinem

Gesicht. Wenn er ernst schaut, dann bilden sich Falten auf seiner Stirn. Er flucht viel, isst gerne Pflaumen und trinkt Raki.

„Raki macht die Sorgen weg“, sagt er immer.

„Raki stinkt schrecklich, wie kannst du das trinken, Onkel?“, sage ich dann immer.

Dann trinkt er noch mehr Raki.

Onkel Agim ist auch Moslem, aber seine Frau ist Christin. Beide sind Kosovo-Albaner. Bis heute schwärmt er von seiner Hochzeit, zu der fast 500 Gäste eingeladen worden seien. Ich war damals leider noch gar nicht auf der Welt, sonst hätte ich bestimmt auf dieser Party mitgetanzt.

So feiert Onkel Agim seit jeher mit seiner Frau an Weihnachten den Heiligabend, also die Geburt von Jesus Christus. Und am Ramadan fastete sie mit ihm gemeinsam den heiligen Monat durch. Beim Fastenbrechen am Bayram, dem Zuckerfest, verteilen beide tonnenweise Süßigkeiten an alle Kinder, die sie treffen. Sie selbst haben keine Kinder. Warum, weiß ich leider nicht.

Bei Onkel Agim zuhause war es nie langweilig. Es gibt immer sehr viele Feste, die er und seine Frau feiern. An viele verschiedene Götter zu glauben ist echt eine super Sache, dachte ich mir. Man bekommt andauernd Geschenke und wenn das eine Fest zu Ende geht, fängt das andere an.

Ich selbst weiß noch nicht, was ich bin. Aber das ist nicht so schlimm. Denn meine Eltern haben mir das mit dem Glauben letztlich so erklärt: „Du kannst sein was du willst. Christin, Muslimin, Buddhistin. Hauptsache du bist ein guter Mensch.“

Über diesen Satz habe ich lange nachgedacht und habe folgendes beschlossen: Falls es einen Gott gibt, dann liebt er alle Menschen gleich. Egal, welche Religion sie haben.

Obwohl wir „nur“ Kosovo-Albaner sind, haben wir große Probleme. Wir sind nicht frei. Unser Land ist ein großes Gefängnis.

Unsere Nachbarn, die Serben, mögen uns nicht, das erzählt mir Onkel Agim. Deswegen gibt es auf der Straße in Prishtina auch so viele serbische Polizisten. Die sind da, um den Menschen im Kosovo Angst zu machen.

Der Mann namens Milosevic tut alles Mögliche, damit es uns noch schlechter geht. Da kann auch der liebe Gott oder Omas Emines Allah nichts dagegen tun.

Wir selbst können auch nix dagegen tun. Eigentlich war das immer so, das lernte ich von Onkel Agim. Erst mochten uns die Türken nicht und dann kamen die Serben. Die Türken waren schlimm. Aber die Serben sind die Schlimmsten.

In meiner Phantasiewelt malte ich mir das so aus: Im Kosovo liegt bestimmt ein großer Schatz verborgen, der zu unendlichem Reichtum führt. Und dieser Milosevic wollte alles für sich haben. Um den großen Schatz für sich zu haben, müssten sie erst alle Albaner loswerden. Mir war das glasklar. Nur sprach da keiner offen. Und wenn ich Erwachsene danach fragte, dann wurde ich mit blöden Antworten abgespeist: „Du bist noch sehr jung Era. Wenn du etwas älter bist, wirst du das noch besser verstehen."

Ich fand diesen Satz bescheuert.

Im Kosovo hilft jeder jedem. So fährt der Papa manchmal das Auto von Onkel Agim, weil er nicht so viel Geld hat, sich ein eigenes Auto zu kaufen. Und Onkel Agim benutzt Papas Schreibmaschine, wenn er Flugblätter aufsetzt, die er dann bei seinen Demonstrationen auf Prishtinas Straßen verteilt.

Mein Vater sagt immer: „Era, mit einer Hand nimmst du, mit der anderen gibst du. So funktioniert das menschliche Zusammenleben. Menschen müssen sich gegenseitig helfen und sich für ein friedliches Miteinander engagieren."

Wenn meine Eltern grad beschäftigt waren und nicht aufmerksam zuhörten, dann nutzte Onkel Agim jede Gelegenheit, um mir noch mehr zu erzählen. Er sprach dann ganz besonders leise, fast flüsterte er: „Egal, wo es dich im Leben hin verschlägt, Era, vergiss nie, woher du kommst. Vergiss nie, dass alle Menschen das Recht haben, ihren Glauben auszuüben, ihre Sprache zu sprechen, ihr Land zu lieben, in Frieden zu leben."

Wenn Onkel Agim so mit mir redete, hatte ich oft das Gefühl, er verabschieden sich von mir. Als würde er irgendwohin gehen und nie wieder zurückkommen.

„Onkel Agim, warum erzählst du mir das alles, ich habe doch nicht vor, abzuhauen. Und du auch nicht. Wir sehen uns doch fast jeden Tag", fragte ich besorgt.

Und dann sagte er nachdenklich: „Weil wir viele Feinde haben, mein Kind. Feinde, die uns unser Land wegnehmen wollen. Wer weiß, wo du eines Tages sein wirst, es ist gut, wenn du all dies schon weißt."

„In Ordnung", sagte ich dann, „und was sollte ich noch wissen?"

„Du sollst wissen, dass die Juden unsere Freunde sind. Die Juden sind wie wir im Kosovo, umgeben von Feinden. Sie haben auch eine ähnliche Geschichte. Wurden fast immer und überall verfolgt und vertrieben", sagte Onkel Agim ernst zu mir.

Während ich noch in Gedanken bei den Juden war, funkten meine Eltern dazwischen. Mein Vater wurde richtig sauer: „Hör auf, ihr sowas zu erzählen. Sie wird das noch alles früh genug erfahren. Mensch Agim, sie ist noch ein Kind, was weiß sie schon von Vertreibung und Juden."

Meine Mutter mischte sich auch ein: „Du trinkst zu viel Raki, Agim. Deswegen musst du überall deine Gedanken verstreuen? Heute ist es Era, morgen irgendwelche Leute auf der Straße, die dich verpfeifen – und dann landest du im Knast", schimpfte meine Mutter, die eigentlich selten böse wurde.

„Ihr braucht nicht so streng mit Onkel Agim zu reden, ich weiß eh viel mehr über die Juden als ihr denkt. Oma Emine erzählt mir oft davon", sagte ich stolz.

Da waren meine Eltern still. Erst schauten sie sich gegenseitig an, dann ging meine Mutter verwirrt in die Küche und mein Vater begleitete Onkel Agim nach draußen.

Ich blieb alleine mit meinem Walkman in der Hand.

Tatsächlich erzählte mir Oma Emine oft von ihrer besten Kindheitsfreundin Lana. Das erste Mal, als sie mir davon erzählte, waren wir draußen im Garten, es war Sommer, die Sonne schien so schön und wärmte unsere Haut. Ein leichter Wind umarmte unsere Körper, ich aß ein paar Erdbeeren aus dem Garten, Oma Emine bestickte eine Tischdecke.

Unter den Sonnenstrahlen sah Oma Emine wie eine Königin aus. Sie hatte rotbraunes langes Haar, das sie regelmäßig mit Henna färbte. Jeden zweiten Abend schmierte sie die Haarspitzen mit Olivenöl ein: „So hast du immer gesunde Haare, Era", sagte sie. Oma trug ihre Haare meist offen, sie mochte lange Kleider mit gelb, rot, grünen Blumenmustern. Oma hatte immer die gleichen Ohrringe, die aussahen wie zwei alte Goldmünzen.

Nur, wenn sie zu ihrem Allah betete, dann band sie sich die Haare eng zusammen, nahm die Ohrringe ab, trug ein weißes Kopftuch, richtete sorgfältig den Teppich Richtung Mekka und war ganz für sich alleine.

Da durfte sie niemand stören, auch ich nicht. Aber ich beobachtete sie manchmal durchs Fenster. In solchen Momenten war Oma Emine ganz woanders, sie kam mir so vor, als hätte sie wirklich mit ihrem Allah gesprochen.

Oma Emine wohnte mit Tante Jehona zusammen, sie mochte ihr Haus, ihre Freiheit, wollte selbst für sich sorgen. Sie wohnte in Prishtina auch auf dem Sonnenberg, ein paar Straßen von uns entfernt, so, dass wir uns fast jeden Tag sahen. Sie betete lieber zuhause als in der Moschee unten in der Stadt. Dort waren Frauen nicht willkommen. Weil sie sich deswegen beschwert hatte, war sie nicht beliebt.

„Sie sagen zu mir, es sei eine Sünde, als Frau mit Männern gemeinsam in der Moschee zu beten. Dabei sind wir alle Gottes Kinder. Was soll's, dann bete ich doch lieber zuhause."

So betete Oma Emine jeden Abend alleine zuhause, was nicht weiter schlimm für sie war.

Oma war siebzig Jahre alt, also sehr, sehr alt, aber sie wollte immer gut aussehen. Sie benutzte für sich immer nur besondere Sachen. Henna aus der Türkei, Olivenöl aus Griechenland, Filigranschmuck aus Albanien. Der Opa, also ihr Ehemann, der vor Jahren gestorben war, hatte ihr seine Rente überlassen, so dass sie genug Geld hatte, sich all diese Dinge zu leisten.

Für ihre Gesichtshaut stellte sich Oma Emine selbst eine Creme aus Quecksilber her. Das war ihr Geheimnis. Deswegen strahlte ihre Haut wie ein frisch geputzter Porzellanteller.

Ihr Gesicht sah aus wie der Vollmond. Ihre Augen waren so schwarz wie kleine Oliven.

Einfach so erzählte sie mir von ihrer Freundin.

Als wir an dem Tag im Garten saßen, kam es aus mir wie aus der Pistole geschossen: „Oma, ich bin voll überrascht, dass du auch mal eine beste Freundin hattest."

Oma Emine lachte, legte ihre Tischdecke beiseite und gab mir einen Kuss auf die Stirn: „Warum das denn? Meinst du, ich bin so alt auf die Welt gekommen?"

Ich musste kichern.

„Ich habe auch als kleines Mädchen ungewaschene Erdbeeren aus dem Garten verputzt, wie du jetzt."

„Und wie hieß deine beste Freundin damals?", wollte ich wissen.

Omas Augen leuchteten.

„Lana, das Licht."

„Der Name ist aber lustig. Und warum habe ich sie nie kennengelernt Oma?"

„Weil sie schon viele Jahre nicht mehr hier lebt. Das ist eine lange und traurige Geschichte."

Ich wollte sie hören. Ich setzte mich gemütlich auf den Boden, hörte auf Erdbeeren zu essen und war gespannt.

„Lana wurde in Deutschland geboren. Als sie sieben Jahre war, kam ein Mann namens Hitler an die Macht. Er wollte alle Juden finden und töten. Lanas Eltern gingen weg, flohen nach Ungarn, später nach Serbien. Auf der Flucht gingen sie verloren. Lana war ganz alleine. Dein Uropa, mein Vater, hat Lana in einer Notunterkunft gefunden; er hat sie mitgenommen und als seine eigene Tochter ausgegeben. Sie hat mit mir in einem Bett geschlafen und war wie meine Schwester. Als aber die deutsche Armee auch hierherkamen, musste der Opa die Lana verstecken."

Mein ganzer Körper war angespannt, als ich zuhörte.

„Und wie hat der Uropa das gemacht?"

„Mein Vater hat mich für fast zwei Monate zu Verwandten ins Dorf geschickt, damit er Lana als seine Tochter ausgeben konnte. Die Behörden hier wussten ja, dass ich Opas einzige Tochter war, sie hätten das schnell rausgefunden, dass Lana nicht sein richtiges Kind war."

Ich machte meine Augen ganz weit auf: „Der Uropa hat dich ausgetauscht und Lana lieber gehabt als dich?"

„Nein, nicht so. Am Anfang habe ich es auch nicht verstanden, aber später, als ich älter wurde, habe ich begriffen, warum er das tat. Er hat seine ‚Besa' gehalten. Die ‚Besa' ist das Versprechen, Menschen in Not zu helfen. Egal, wer sie sind", sagte Oma nachdenklich.

„Und warum musste Uropa Lana dann mit dir austauschen?"

„Dein Opa hat sie vor der deutschen Armee beschützt. Sie wollten Kinder wie Lana, die jüdischen Glaubens waren, mitnehmen. Man wusste nicht, wo sie landen, ob sie verkauft oder getötet wurden. Er hat sie beschützt. Und mittels seiner Kontakte hat er sie nach Amerika gebracht. Opa hat vermutet, dass Lanas Eltern auch in Amerika waren. Was danach passiert ist, weiß niemand."

Oma Emine hatte Tränen in den Augen. Ich half der Oma beim Weinen. Trotz des schönen Tages im Garten.

Wenn Menschen traurig sind, dann fühle ich mich ganz leer im Bauch, obwohl ich keinen Hunger habe. Ich liebe alle Menschen und will, dass es ihnen gut geht. Und ganz besonders will ich, dass es Oma Emine gut geht.

„Oma, hast du dich nie von Lana verabschiedet?"

„Nein. Sie war weg, als ich wieder nach Hause kam. Aber heute bin ich glücklich, dass dein Uropa Lana gerettet hat."

„Ja, ich bin auch glücklich, dass Lana gerettet wurde. Ich hoffe, sie lebt noch und ist glücklich in Amerika. Vielleicht kennt sie ja auch Madonna. Die lebt ja auch in Amerika. Ist Amerika ein großes Land, Oma?"

„Ja, Amerika ist ein großes Land, mein Kind."

Oma Emine lächelte mich an. Sie umarmte mich. Ganz fest. Ich war froh, ich hatte Oma Emine wenigstens für ein paar Sekunden zum Lachen gebracht.

Und dann sagte Oma Emine noch was: „Ein guter Freund ist schwer zu finden, Era, aber wenn du einen richtig guten Freund gefunden hast, dann wirst du nie alleine sein, egal was kommt. Und eine Sache darfst du niemals vergessen. Du musst immer deine Besa, das Versprechen halten, Menschen in Not immer zu helfen. Das zeichnet eine gute Albanerin aus."

Das merkte ich mir. Ich musste plötzlich an Gezim denken. Er war mein einziger richtiger Freund. Aber die Sache mit der Besa verstand ich nicht so gut: „Wo muss man denn diese Besa kaufen, Oma?"

Oma kniff mir auf die Backe.

„Era, die Besa kann man nicht kaufen. Sie wohnt in dir, sie wird wach, wenn du Menschen triffst, die deine Hilfe brauchen."

„Hmmmm ... weißt du was, ab heute werde ich auf diese Besa besser achten."

Omas ganzes Gesicht strahlte.

Dass ich diese Sache mit den Juden auch schon wusste, machte meine Eltern fertig. Auch zu Oma Emine sagten sie, sie solle mir alles Mögliche erzählen. Am liebsten hätten sie mich in eine Aufbewahrungsbox gepackt, damit ich ja nix mitbekomme, was mir irgendwie schaden könnte.

Dabei mag ich mein Leben in Prishtina. Auch wenn wir nicht viel Platz haben, weil unsere Wohnung zu klein ist. Ich habe das mal in Schritten gemessen: um in Ruhe durch die ganze Wohnung zu laufen brauche ich exakt acht Schritte.

Wir wohnen im Erdgeschoss. Es gibt ein kleines Zimmer für mich und eins für meine Eltern. Und dann gibt es das Bad. Küche und Wohnzimmer sind in einem Raum.

Wenn man zu uns in die Wohnung reinkam, dann kam man gleich in die Küche. Überall hängen Hochzeitsfotos von meinen Eltern. Und Babyfotos von mir. Mein Papa hatte neben dem orangefarbenen Sofa ein Bücherregal gebaut. Er hatte so viele Bücher, dass ich aufgehört hatte, sie zu zählen. Die Küche ist grün gestrichen, Papa meinte, Grün sei beruhigend: „Wenn man den ersten Kaffee morgens trinkt, sollte man auf etwas Entspannendes blicken. Ein grüner Baum im Wald entspannt ja auch", scherzte er.

Die Küche war Papas Lieblingsplatz. Mama hatte stattdessen das Bad in Orange-Weiß gestrichen.

„Unser Bad ist so klein, diese Farbkombi bringt eine luftige Atmosphäre."

Sowieso mochte Mama bunte Farben: Orange, weiß, rot, blau. Ihre Klamotten und ihre Schuhe hatte sie auch in bunt.

Mein Zimmer war fünf Schritte groß. Also sehr, sehr klein. Darin war ein Bett, ein kleiner Tisch, ein kleiner Kleiderschrank. Die Wände in meinem Zimmer waren weiß. Ich wollte keine Farbe, weil ich davon träumte, mein ganzes Zimmer mit Madonna-Posters zu bekleben. Ich wusste nur nicht, wie ich an diese Poster rankam. Onkel Agim wusste es auch nicht. Deswegen hatte ich im Zimmer nur ein Foto von Mama, Papa und mir, wie ich als kleines Mädchen an Papas Krawatte ziehe.

Sobald es wärmer wird, spielen die anderen Kinder aus unserem Wohnblock draußen. Man hört immer ihre lachenden und manchmal weinenden Stimmen. Die Jungs spielen Fußball und Mädchen Volleyball.

Die Jungs finde ich viel cooler. Sie schlagen sich, wälzen sich im Dreck, spielen Fußball oder sonst was. Die Mädchen spielen nur Volleyball oder Hüpfspiele und sind pienzig, sobald sie etwas Dreck abbekommen. Die Mädchen lästern auch gerne über andere Mädchen. Das mag ich nicht. Lästern ist doof.

Manchmal spiele ich zwar mit ihnen mit, aber meistens höre ich Musik.

Bei uns zuhause ist es auch nie langweilig. Ständig kommt jemand vorbei. Nicht nur Onkel Agim und seine Frau Anita. Auch Onkel Lum, Onkel Enver, Tante Aferdita, und Tante Shpresa sind gerne bei uns. Manchmal sind alle da und reden wild durcheinander. Bei uns zuhause gibt es viel zu essen. Nüsse, Trauben, Feigen, Oliven, Schafskäse. Wir essen aber auch gefüllte Teigtaschen mit Hackfleisch und Zwiebeln. Am besten schmecken sie, wenn man sie in Minze-Joghurt eintunkt. Davon kann man nicht genug bekommen. Mein Vater liebt diese Teigtaschen. Sowieso ist er nicht so wählerisch beim Essen. Er isst alles.

Wenn ich meinen Teller nicht leer machen kann, dann sagt meine Mutter: „Ah, dein Vater wird das schon aufessen, er ist wie ein Mülleimer."

Mama und Papa streiten manchmal, aber sie lachen auch viel. Mama hört am liebsten die Musik von Eli Fara, einer Sängerin aus Albanien. Eine wunderschöne Frau mit einer honigsüßen Stimme. Sie singt immer von Liebe und Betrug. Wenn ich nicht so genau auf ihre Texte höre, macht mir ihre Musik sogar gute Laune. Aber sobald ich hinhörte, was sie sagt, komme ich ins Grübeln. Ich bekomme viele Fragezeichen im Kopf.

„Mama, was ist Liebe?", frage ich.

„Liebe ist, wenn der Papa dein Essen aufisst. Liebe ist aber auch ein warmes Gefühl in der Brust, wenn man einen Menschen trifft, den man gerne hat."

„Aha, also, so wie ich mich fühle, wenn ich Oma Emine sehe. Da wird mir auch ganz warm ums Herz."

„Siehst du, dann weißt du doch schon, was Liebe ist, Era", sagt Mama.

„Und was ist Betrug?"

„Betrug ist, wenn man etwas absichtlich tut, um anderen zu schaden. Wenn Oma Emine dir Geld geben würde, um ihr Olivenöl zu kaufen, und du das Geld für Schokokuchen ausgeben würdest, dann wäre das Betrug."

„Das würde ich nie machen, ich betrüge doch nicht Oma Emine", sage ich empört.

„Das war ja nur ein Beispiel Era, bezieh das nicht auf dich selbst."

Also, diese Sängerin Eli Fara wohnte fast schon bei uns, zumindest taten es ihre Lieder. Sie laufen in Dauerschleife.

Papa singt manchmal lauthals dazu und Mama verdreht dabei die Augen.

Wenn die Freunde meiner Eltern bei uns waren, redeten sie über alles Mögliche: Wer geheiratet hat. Wer vor allem wen geheiratet hatte. Wer ein Kind bekommt. Wer kein Kind bekommt. Und vor allem, wer weshalb kein Kind bekommt. Wer seine Arbeit verloren hat. Wer nach Deutschland, England oder in die Schweiz gegangen ist. Und überhaupt sind die Erwachsenen im Kosovo wie verrückt am Leben anderer Menschen interessiert. Sie wollen immer alles haargenau wissen: Wen liebst du mehr, deine Mama oder deinen Papa? Wie heißen Gezims Eltern? Zeig mal dein Zeugnis her? Wie heißt dein Mathelehrer? Warum isst du keine Bohnensuppe?

Die schlimmsten von ihnen ist Tante Shpresa, eine Freundin meiner Mutter, die eigentlich keiner mag. Sie redet pausenlos und trägt ein Kilo Schminke im Gesicht. Morgens, mittags, abends. Ich habe sie noch nie ohne Schminke gesehen. Und manchmal, wenn sie mitten im Gespräch sich mal wieder ihre Lippen knallrot anmalte, hatte ich das Gefühl, sie wollte ihren Lippenstift aufessen.

Onkel Agim mochte sie überhaupt nicht: „Sie hat immer teure Seidenkleider an, echte Ledertaschen und Schuhe, die kosten doch ein Vermögen. Woher hat sie so viel Geld?", fragte er meine Eltern.

Mein Vater zuckte nur mit den Schultern und schaute meine Mutter an.

„Sie ist Single, hat einen gutbezahlten Job bei der Bank, wohnt noch bei ihren Eltern, was sie an Geld hat, gibt sie für ihre Kleidung aus. Sie hat ja keine anderen Ausgaben", verteidigte meine Mutter sie.

Onkel Agim gab keine Ruhe: „Also so viel Geld hat keiner im Kosovo. Wir alle verlieren unsere Jobs und Shpresa kauft sich Designer Ledertaschen. Da ist doch was faul."

Mein Papa sagte nur aus Spaß: „Na, vielleicht hat sie ja einen Geliebten, der ihr die Taschen spendiert."

Onkel Agim war ernst: „Genau das wird es sein. Vielleicht ist sie aber auch eine Spionin, vielleicht trifft sie sich deshalb mir uns, damit sie was über uns an den serbischen Geheimdienst weitergibt, immerhin sprechen wir sehr offen über unsere Pläne. Mit dem Geld kann sie sich so einiges leisten."

Meine Mutter war geschockt: „Nun hör aber mal auf, Agim, du hast langsam Wahnvorstellungen. Du siehst überall Verräter. Wir kennen Shpresa schon ziemlich lange. Sie war uns immer eine gute Freundin. Ich würde mich an deiner Stelle schämen, ihr so etwas zu unterstellen."

Onkel Agim schwieg. Vom Gegenteil war er dennoch nicht überzeugt. Und da er nicht mehr Öl ins Feuer gießen wollte, sagte er in einem lustigen Ton: „Era, los wir spielen Schere-Stein-Papier, bevor du ins Bett gehst. Heut mach ich dich fertig!"

Ich kroch aus dem grünen Sessel und schrie vor Freude: „Ouuuuuu, jaaaaaaaaa!"

Die Freunde meiner Eltern trafen sich einmal die Woche spät abends bei uns, um wichtige Dinge zu besprechen. An diesen Abenden musste ich pünktlich ins Bett und möglichst schnell fest einschlafen.

Ich tat dann so, als würde ich Madonnas Lieder hören, aber in Wirklichkeit ließ ich die Tür zu meinem Zimmer offen und belauschte ihre Gespräche.

Diese Gespräche behandelten jedes Mal das gleiche: Wer führt das Kosovo in die Freiheit?

Wie sollten so viele Menschen wie möglich zusammenkommen, um gegen Milosevic zu protestieren? Und wie viele Menschen kamen ins serbische Gefängnis, weil sie laut die Freiheit des Kosovos verlangten?

Tante Shpresa war immer dabei. Sie half meinem Vater, die Flugblätter abzutippen. Da standen dann Sachen drauf wie: „Unabhängigkeit und Freiheit für Kosovo!"

Dann fuhr sie mit Onkel Agim und meinem Vater runter in die Stadt, um an Schulen und Krankenhäusern die Flugblätter zu verteilen.

Ich hatte natürlich ein paar Wörter aufgeschnappt, wusste aber nicht so genau, was die bedeuteten. Nach den Abendnachrichten wollte ich es aber doch genauer wissen: „Papa, was ist Freiheit?“

„Nicht um Erlaubnis zu fragen, ob man etwas tun darf.“

„Dann will ich auch Freiheit“, sagte ich schnell.

Mein Vater lächelte und knutschte mich ab: „Era, du wirst alle Freiheiten der Welt haben.“

In derselben Nacht wurde ich von einem großen Knall wach.

Unsere Eingangstür wurde aufgebrochen, es kamen ein paar lärmende Männer rein, die laut Serbisch sprachen: sie suchten etwas. Ich hörte die Türen knallen und Geschirr zerschlagen. Ich kroch unter meine Decke und zählte bis zehn. Der Krach hörte nicht auf. Dann summte ich noch Madonnas „Material Girl“ weiter. Aber die Geräusche in der Küche übertönten mein Summen.

Als ich hörte, dass einer der Männer die Tür zu meinem Zimmer aufmachte, verstummte ich. Ich hörte sogar auf zu atmen. Die Tür blieb ein paar Sekunden auf, dann knallte er die Tür zu und ging. Ich verkroch mich noch tiefer unter meiner Decke, machte meinen Walkman an, um den Lärm zu übertönen.

Ich war hellwach. Irgendwann wurde es ruhig. Die Männer verschwanden. Ich traute mich nicht, aufzustehen und blieb liegen. Ich dachte, ich hätte nur einen schlechten Traum gehabt. Irgendwann schlief ich ein. Als es Morgen wurde und ich in die Küche ging, fand ich meine Mutter alleine. Sie hatte fast schon alles aufgeräumt: „Vorsicht Era, da liegen ein paar Glasscherben, pass auf“, warnte sie mich.

Ich umging die Scherben und schaute meine Mutter an: Ihre Augenringe waren fast schwarz. Die Haare hatte sie zu einem Knoten gebunden. Ihre Handgelenke waren leicht zerkratzt. Das sah ich, weil sie ein ärmelfreies T-Shirt anhatte.

„Was hast du gemacht, Mama? Bist du hingefallen?“, fragte ich besorgt.

„Nein, Era, habe mich beim Aufheben der Scherben verletzt."

„Du musst ein Pflaster draufkleben, warte", ich ging ins Bad und holte unsere kleine Notfallapotheke. Ich klebte ihr ein Pflaster auf beide Hände. Sie umarmte mich ganz fest und küsste mein Gesicht. Dann weinte sie. Aber sie wusch sich die Tränen schnell weg.

„Warum weinst du, Mama, tut dir der Kratzer so sehr weh?"

„Nein, süße Era, ich freue mich, dass ich dich hab. Ohne dich wäre mein Leben sinnlos", sagte sie mit leiser Stimme.

Ich drückte sie umso stärker.

„Ich habe dich sehr lieb, Mama. Was wollten die serbischen Männer, warum war es so laut?"

„Sie suchten nach Papieren und Tonbändern, die wir nicht haben."

„Was für Papiere und Tonbänder?"

„Angeblich hätte Papa Aufnahmen ..."

Ich verstand nix.

„Was für Aufnahmen? Und wo ist er eigentlich?"

„Er ist zum Arbeiten in eine andere Stadt gegangen und wird auch nicht so bald zurückkehren", sagte sie mit zittriger Stimme.

„Waaaaaas? Er ist einfach weg? Na toll, er hätte sich ja wenigstens verabschieden können", sagte ich enttäuscht.

Auch diesmal umarmte sie mich ganz fest. Ich spürte ihre kalten Tränen auf meiner Wange.

Meine Mutter war abwesend und blass. Fast hätte sie vergessen, mir Frühstück zu machen. Das vergisst sie sonst nie. Sie drückte mir ein Brot mit Butter und Hagebuttenmarmelade in die Hand und sagte mit kraftloser Stimme: „Era, bitte zieh dich schnell an. Wir müssen gehen. Heute gehst du nicht in die Schule, sondern zu Oma Emine. Ich habe viel zu tun."

„Waaaaaaaas, ich darf nicht in die Schule, warum nicht?"

„Weil ich es sage, bitte widersprich mir heute nicht", sagte sie und umarmte mich wieder.

„Okay."

Ich schnappte mir meine gelbrote Tasche und ging. Beim Rausgehen sah ich, dass die Eingangstür kaputt war: „Was passiert mit der Tür, bekommen wir jetzt eine neue Tür?"

„Darum werden sich heute Onkel Enver und Onkel Agim kümmern. Los jetzt."

Wir gingen, aber die Tür blieb offen.

So traurig hatte ich meine Mutter nie erlebt.

Als sie mich bei Oma Emine absetzte, sah ich, wie sie ihre Tränen abwischte. Sie flüsterte Oma Emine etwas ans Ohr, Oma war wie versteinert. Sie bewegte sich nicht. Starrte in die Luft. Auch sie weinte. Danach umarmte die Mama Oma Emine, dann gab sie mir einen Kuss und verschwand.

Nun, diese Erwachsenen in Prishtina benahmen sich seltsam: An einem Tag lachen und singen sie laut zu Eli Fara, am nächsten Tag weinen sie oder lösen sich in Luft auf, so wie mein Papa. So wirklich verstehen konnte ich das nicht.

Aber, ich will mich nicht beschweren, denn seit Papa zum Arbeiten weggegangen war, wurde ich viel häufiger bei Oma Emine abgegeben. Da konnte ich so viele Schokobrötchen essen, wie ich wollte. Und wenn zufällig ein Lied von Madonna im Radio gespielt wurde, sprang ich vom Sofa, tanzte und sang wild herum. Vorausgesetzt Tante Jehona war nicht da. Sie mochte Madonna überhaupt nicht.

„Immer dieses, likka payer, likka payer. Was soll das überhaupt?", schimpfte sie.

Ich musste sooooo laut lachen: „Tante Jehona, das heißt nicht lika payer, sondern like a prayer. Prayer ist das Gebet. Madonna bedankt sich mit dem Lied beim lieben Gott und den Engeln", sagte ich lachend.

„Ah, was weißt du schon, du freches Ding. Geh mir aus den Augen!"

Zum Glück war sie nicht oft da. Tante Jehona verbrachte viel Zeit bei ihrer Freundin Shota, die eine eigene Wohnung hatte, so dass ich oft bei Oma Emine das ganze Haus für mich hatte.

Da drehte ich dann den Kassettenrecorder so laut auf, dass die Wände wackelten. Ich tanzte durchs ganze Haus. Am liebsten tanzte ich zu „Into the groove." Dazu binde ich mir die blaue Schleife ans Haar. Manchmal tanze ich auch vor dem Spiegel, ich versuche dann, eigene Tanzschritte zu erfinden.

Obwohl ich kein Englisch spreche, kann ich jede Zeile ihrer Lieder mitsingen. Da kann keiner mit mir mithalten. Man kann mich jederzeit fragen: „Era, wie geht Madonnas True Blue?"

Ich könnte den Text zu jeder Tageszeit runterrattern.

Mit Madonna wird es mir nie langweilig. Sie ist so etwas wie ein Lichtblick, vor allem, wenn ich traurig bin, weil ich Papa so vermisse. Er ist seit fast zwölf Monaten bei der Arbeit. Ich habe ihn seitdem nie mehr gesehen. Mama sagt zwar, dass er ab und zu Briefe schreibt und es ihm ganz gut bei der Arbeit geht, aber mein Herz fühlt, dass mein Papa traurig ist und Mama und mich sehr vermisst.

Madonna nimmt mir diese Trauer. Sie macht mich fröhlich und weckt die schlafenden Schmetterlinge in meinem Bauch wieder.

Ihre verrückten Klamotten. Die roten Lippen. Ihre großen Katzenaugen und das Muttermal auf ihrer rechten Oberlippe, alles an ihr war perfekt. Mit jedem Tag der verging, wuchs mein Wunsch, sie eines Tages sehen zu können.

Madonna ist so ganz anders als die Frauen in Prishtina. Die sind zwar auch stark geschminkt und ziehen sich hübsch an, sie haben aber oft schlechte Laune. Vielleicht, weil sie nie was für sich alleine machen. Entweder sie sind nur mit ihren Männern unterwegs oder treffen sich mit anderen Frauen zum Kaffeeklatsch. Und wenn sie zuhause sind, sind sie nur für die anderen da: für ihre Kinder; für ihre Ehemänner; für ihre Gäste; oder für ihre Schwiegereltern.

Die hätten sich wirklich von Madonna was abschauen können.

Tante Jehona zum Beispiel, die jüngere Schwester meiner Mutter hatte nicht nur oft schlechte Laune, sie war auch schlecht angezogen. Ihre Haare sind hellbraun und kurz. Sie hat aber große Knopfaugen und auch ein Muttermal an der linken Oberlippe. Wenn sie mal lacht, dann schaut sie hübsch aus. Ansonsten sieht sie oft aus wie ein Maulwurf. Wenn es nach mir ginge, dann bräuchte sie eine Ganzkörperrenovierung.

Obwohl sie immer fies zu mir war, suchte ich ihre Nähe. Irgendwie tat sie mir leid, sie war immer so schlecht drauf: „Tante Jehona, warum trägst du nie ein Kleid?“

„Weil ich das nicht mag“, sagte sie kurz und knapp.

„Und warum magst du das nicht?“

„Weil ich mich darin nicht wohlfühle, ich fühle mich mit breiten Hosen besser.“

„Ah so“, sagte ich nüchtern.

„Und wenn Oma Emine dir ein breites, buntes Kleid näht, würdest du das dann anziehen?“

„Oh Era, du nervst mich schon wieder mit deinen Fragen. Sei einfach still.“

Egal, wie viel Mühe ich mir machte, ich konnte ihr Herz nicht erobern.

3. Freudentanz & Eiscreme

Prishtina 1996

Mein Papa war schon ganz lange arbeiten. Immerhin verpasste er zwei Geburtstage von mir. Er verpasste zwei große Sommer, wo die Sonne so stark brannte, dass die Ernte im Dorf bei Großtante Hannah komplett ausfiel. Er verpasste die neue Eisdiele in der Stadt, gleich neben der großen katholischen Kirche, die Eis aus Brombeeren, Heidelbeeren und Himbeeren machte.

Das Eis dort schmeckte so gut, dass ich dachte, ich würde richtige Brombeeren, Heidel- oder Himbeeren essen. Papa muss dieses Eis unbedingt probieren, wenn er wieder da ist. Er wird es lieben, dachte ich bei mir. Die letzten zwei Jahre verpasste er auch, dass ich jetzt schulterlanges Haar trug und ein richtig hübsches Mädchen geworden bin. Mein Haar ist Kaffeebraun, wenn es von der Sonne geküsst wird, glänzt es.

Meine Augen sehen aus wie zwei dunkelschwarze, große Trauben. Wenn ich lache, dann bilden sich zwei Grübchen in meinem Gesicht, genauso wie bei Onkel Agim. Für ein Mädchen habe ich noch nicht mal so eine pienzige Stimme. Auch, wenn ich es doof finde, dass sich bei uns Mädchen die Stimme kaum verändert. Gezim aus meiner Klasse hört sich von Woche zu Woche anders an, er bekommt so eine richtig dunkle Stimme. Und wenn ich ihn übers Wochenende nicht sehe, dann habe ich das Gefühl, er ist gewachsen. Mit ihm ist jedes Mal so, wie wenn ich einen neuen Menschen kennenlerne.

Mama meint, diese verfluchte Pubertät sei daran schuld: „Jungs haben einen Stimmbruch, bei denen wächst der Bart, so werden sie zu Männern."

„Warum haben wir Mädels keinen Stimmbruch, wäre doch cool, eine etwas tiefere Stimme zu haben?"

„Dafür wachsen dir Brüste, Era, und du bekommst deine Tage. Die Natur hat das so aufgeteilt“, sie kniff mir währenddessen auf die Backe.

„Die Jungs haben es viel besser getroffen als wir Mädels“, sagte ich genervt.

„Da können wir nix dagegen machen, Era.“

Seit Papa weg war, musste Mama alles alleine machen. Geld verdienen, einkaufen, putzen, kochen, die Hausaufgaben mit mir machen, mit mir ins Kindertheater und zum Zahnarzt gehen, Elternabende in der Schule besuchen und sich mit meiner Klassenlehrerin rumplagen. Mama hatte immer schwarze Augenringe, war in sich gekehrt, lachte viel seltener. Manchmal sah ihr Kopf so schwer aus, als würde er ihr nicht gehören.

Seit Papa arbeiten war, trug sie auch nie roten Lippenstift. Klar, waren da Oma Emine und Tante Jehona, die zwei nahmen ihr auch viel Arbeit ab. Aber dennoch: Sie war alleine. Manchmal weinte sie nachts, so alleine war sie. Sie sagte mir dann, sie habe schlecht geträumt, aber ich glaubte ihr nicht. Ich denke, sie vermisste den Papa sehr.

Papas Freunde kamen in diesen zwei Jahren auch vorbei: Onkel Agim und Onkel Enver brachten manchmal Lebensmittel oder reparierten die Heizung oder die Dusche, aber die meiste Zeit war Mama alleine.

Tante Shpresa kam alle Lichtjahre vorbei um meine Mama zu besuchen, aber sie quetschte sie aus wie eine Zitrone. Hinterher war Mama noch fertiger als vorher.

„Weißt du, wann er entlassen wird? Meinst du er kommt bald raus? Hast du genug Geld zum Leben, soll ich dir was leihen? Willst du dir einen Neuen suchen? ... wird ja vielleicht lange dortbleiben ...“

Vor allem den einen Satz verstand ich nicht. Was meinte sie mit raus?

Meine Mutter hörte sich alles genau an und war zu höflich, um sie rauszuschmeißen.

Nach genau zwei Jahren kam Papa nach Hause. Er kam so, wie er ging. Es war früh am Morgen, die Sonne lachte, ich ging in die Küche. Plötzlich war er da, saß am Frühstückstisch in einem senfgelben Pulli. Er sah schläfrig aus, an seinen Händen waren große Wunden, so als hätte er gekämpft. Er hatte auch keine Haare mehr auf dem Kopf. Im Gesicht war er ganz dünn, so als hätte er wochenlang nichts gegessen. Er unterhielt sich mit meiner Mama so, als wäre nichts gewesen. Nach wie vor hatte er das schönste Lächeln der Welt.

Als ich ihn sah, musste ich zweimal hingucken. Dann sprang ich vor Freude in die Luft. Ich umarmte ihn so fest ich konnte; mein Herz schlug dermaßen, dass ich dachte, es fliegt heraus.

„Meine Era, du bist ja eine richtige Lady geworden", sagte Papa.

„Mein Papa", sagte ich und umarmte ihn ein zweites, drittes, und ein zehntes Mal.

Mehr konnte ich nicht sagen, denn ich fühlte einen Kloß im Hals und weinen wollte ich an diesem Tag nicht. Es war ein Tag zum Freuen.

Ab dem Tag war das so, als wäre Papa nie weggewesen. Als wäre er nur kurz Brot und Milch kaufen gegangen. Und unsere kleine Wohnung in Prishtina war wieder mit viel Freude und Besuch gefüllt. Es kamen viele Menschen von überall her, um meinen Papa zu besuchen und um meiner Mama zu gratulieren, dass ihr Mann wiedergekommen war.

Ab dem Tag trug meine Mama wieder roten Lippenstift und schwebte auf Wolke sieben.

„Das Leben ist lang, man geht den Weg lieber mit einem Ehemann“, hatte sie gesagt.

Alle waren wieder da. Onkel Agim weinte, als er den Papa wiedersah, sie umarmten sich lange.

Auch, Onkel Enver, Onkel Lum, Oma Emine und Tante Jehona mussten weinen.

Sie sagten nicht viel, aber die Stille im Raum war viel schöner als alle Wörter.

Ich war überrascht, dass bei Tante Jehona auch Tränen flossen. So fies, wie sie zu mir war, dachte ich, sie hätte gar kein Herz.

Tante Shpresa war auch dabei. Sie war so freundlich und glücklich, als sie meinen Papa wiedersah, dass man meinen könnte, sie hätte ihren Ehemann zurückbekommen.

„Oh Besnik … dass du wieder bei uns bist. Jeden Tag haben wir den lieben Gott darum gebeten, dich bei bester Gesundheit zu uns zu schicken“, sie schleimte sich so bei ihm ein, dass ich glaubte, wenn sie damit nicht gleich aufhört, würde sie ganz fette Pickel im Gesicht bekommen.

Die Freunde meiner Eltern trafen sich wieder einmal die Woche bei uns. Das Spiel ging von vorne los.

Sie druckten Flyer, die sie in der Stadt verteilten, organisierten Demos, motivierten jeden Erwachsenen, beim Kampf gegen Milosevic mitzumachen.

Alles war fast wie früher, nur ich war zwei Jahre älter. Ich war nicht mehr ein ganz kleines Mädchen, aber auch kein ganz großes. Aber ich blickte mehr durch. Dieser eine Satz von Tante Shpresa ging mir nicht mehr aus dem Kopf. „... wenn er raus kommt.“

Wo war mein Papa wirklich diese zwei Jahre? War er wirklich arbeiten?

All diese Dinge wollte ich ihn fragen. Ich lud ihn zum Eis ein: „Ich verspreche dir, du wirst das beste Brombeer-Eis bekommen. Du bekommst davon Geschmacksexplosionen im Mund.“

„Dann mal los, Era. Ich habe schon sehr lange kein Eis mehr gegessen", sagte er grinsend.

Der Laden war in etwa 15 Minuten zu Fuß zu erreichen. Ich konnte es gar nicht abwarten und lief viel schneller als sonst.

„Bist du jetzt auch noch die Schwester von Speedy Gonzales geworden, ich komme gar nicht hinterher", lachte er.

„Papa, hör auf damit, du bist ein großer Mann, du kannst große Schritte machen, natürlich kommst du mir hinterher. Los, beeil dich, sonst bekommen wir keinen Platz. Da ist viel los."

Wir fanden schnell einen Tisch und bestellten beide Brombeereis.

„Habe ich recht? Schmeckt doch bombastisch, oder?"

„Ou ja", sagte er.

„In der zweiten Runde möchte ich gerne Himbeereis", sagte ich

„Ich auch, ich nehme alles, was du nimmst, Era", sagte Papa grinsend.

Wir schlemmten und ich freute mich, am liebsten wollte ich diesen Moment für immer festhalten.

Dann machte sich mein Mund selbstständig: „Wo war deine Arbeit, die letzten zwei Jahre?"

„Weit weg, Era."

„Und warum hast du uns nie besucht?"

„Weil es unmöglich war."

„Warum?"

„Weil es unmöglich war da rauszukommen."

„Das heißt, dein Chef war zu streng?"

„Ja, das war es."

„Und was hast du gearbeitet?"

„Alles Mögliche", sagte er.

„Hmmm, warst du Bauarbeiter?"

„Nein."

„Warst du LKW-Fahrer?“

„Auch, nicht.“

„Hast du den Milosevic verfolgt?“

„Nein.“

„Hast du auf dem Land gearbeitet und Äpfel gepflückt?“

„Nein, auch nicht.“

„Och ganz schön kompliziert. Ich hole die zweite Runde Eis“, und weg war ich. Als ich an der Theke stand und aufs Eis wartete, beobachtete ich meinen Papa. Er schaute aus dem Fenster und tippelte mit dem Fuß, ich sah seine Gedanken spazieren gehen.

Ich atmete tief durch und beschloss, ihn nicht mehr zu nerven und ihn über seine Arbeit auszufragen.

Ab sofort werde ich dafür sorgen, dass er jeden Tag lacht.

4. Langeweile macht Spaß

Prishtina 1996

Plötzlich brauchte ich gar nicht in die Schule zu gehen. Meine Schule wurde geschlossen; alle Schüler mussten zuhause bleiben bis sich die politischen Dinge in der Stadt klären würden.

Onkel Agim war deswegen so schlecht drauf, dass er laut wurde, er schimpfte und schwor darauf, dass die serbische Polizei die Schule mit Absicht geschlossen hatte, damit die albanischen Schüler so viel Unterricht wie möglich verpassten.

„Sie wollen gar nicht, dass unsere Kinder gebildet sind. Ihnen ist es am liebsten, wenn sie unsere Zukunft vergiften, indem sie unsere Schulen schließen", brüllte er.

Meine Eltern versuchten, ihn zu beruhigen, indem sie ihm was zu essen und zu trinken anboten, so als wäre er ein Kind.

„Hier, iss ein paar Teigtaschen, trink ein kühles Bier, reg dich nicht immer so auf. Du weißt doch gar nicht, warum die Schule geschlossen wurde. Solange wir nichts wissen, sollten wir nicht spinnen", sagte Mama zu ihm.

„Ah, wir wissen doch alle, was hier los ist", sagte Onkel Agim und trank sein Bier.

Ich für meinen Teil fand es nicht so schlimm, nicht in die Schule zu gehen. Ich mochte die Lehrer sowieso nicht, sie waren viel zu streng und haben ständig was an mir zu nörgeln: „Era, du redest zu viel, du lachst zu laut, Era du kannst kein Mathe, Era misch dich nicht überall ein."

Einmal musste ich das Klassenzimmer verlassen, weil ich zu laut gelacht hatte. Ich stand dann ganz alleine auf dem Schulflur und es war so kalt, dass meine Hände und Beine zitterten. An dem Tag hat meine Lehrerin Ärger von Mama und Papa bekommen. Ich weiß nicht, was sie sagten, aber als das Gespräch mit ihnen beendet war, ging sie mit gesenktem Kopf in ihr Klassenzimmer.

Obwohl ich zuhause war, weil die Schule geschlossen hat, verpasste ich nicht so viel Unterricht, denn meine Eltern übten ein paar Stunden am Tag alle möglichen Fächer mit mir. Mathe übte die Mama mit mir. Albanisch, Geschichte und Erdkunde der Papa.

Ansonsten hing ich so rum, hörte Madonna und verbrachte viel Zeit mit Oma Emine. Oma zeigte mir, wie man Schokobrötchen backt, wie man die Füllung dafür herstellt, sie zeigte mir, wie man Kastanien am besten kocht, oder Zöpfe flechtet. Oma kann einfach alles.

Der Einzige, der mir fehlte, war Gezim. Er wohnte leider nicht in meiner Nachbarschaft, ich vermisste ihn sehr. Ich mag seine Augen. Sie sind so groß und so blau wie das Meer. Seine Haare sind lockig und wuschelig. Er trägt immer ausgeleierte T-Shirts, auf denen groß „Metallica" steht. Auf dem Schulhof versucht er mir immer wieder, diese Band anzudrehen, er singt ... ja schreit andauernd diese Lieder. Aber er kann mich nicht überzeugen, diese Musik zu mögen. Sie ist mir zu laut und zu grell. Mir kam das einfach vor, wie wenn große Männer laut herumschreien. Dazu kann man doch nicht tanzen.

Mit Gezim fühle ich mich gut. Wir lachen immer. Er hatte sechs Brüder: „Meine Eltern können nur Jungs machen", dann lachte er über seinen eigenen Witz.

„Dann bin ich deine Schwester, wenn du willst, aber Metallica mag ich trotzdem nicht", bot ich ihm an.

„Macht nix, Madonna ist auch cool", sagte er.

„Also bin ich jetzt deine Schwester?"

„Ja."

„Juhuuu", schrie ich und knutsche ihn ab.

Gezim wurde dann so komisch rot im Gesicht, aber ich ärgerte ihn nicht deswegen. Mit ihm verging die Zeit wie im Flug.

Seit meine Schule geschlossen wurde, durften plötzlich auch die Erwachsenen nicht mehr arbeiten gehen. Jetzt waren nicht nur mein Papa, Mama und Onkel Agim ohne Arbeit, sondern alle anderen auch: Onkel Lum, Onkel Enver, Tante Anita, Jehona und Aferdita. Nur Tante Shpresa hatte ihren Job noch.

Als ich dann meine Eltern fragte, warum, erklärte meine Mutter: „Der Milosevic mag uns nicht, er will uns auch nicht bei der Arbeit sehen, bis wir versuchen, woanders Arbeit zu finden und von hier weggehen. Den Kosovo verlassen."

„Aber warum mag er uns nicht, wir sind doch lieb?", fragte ich.

„Ach Era, klar sind wir lieb, aber dieser Mann will das ganze Land für sich alleine haben. Dafür muss er uns loswerden", sagte Papa, während seine Augen funkelten.

„Aber warum will er etwas, das ihm nicht gehört?"

„Weil er noch größer werden will. Bei Politikern ist das manchmal so, sie sind nie satt. Sie wollen mehr und mehr", erklärte meine Mutter. Dabei schaute sie meinen Vater an und zuckte die Schultern, so wie ich das manchmal auch mache.

Und weil dieser Milosevic auf gar keinen Fall den Kosovo ganz für sich allein haben sollte, mussten Agim und Papa etwas dagegen tun.

So trommelten sie viele Leute zu uns in die Wohnung: Männer, Frauen, Tante Aferdita und Tante Shpresa waren auch dabei. Alle sahen so ernst aus, niemand lachte. Das waren so viele Menschen wie eine Fußballmannschaft. Sie passten nur mit Not in unsere Wohnung. Einige blieben im Flur stehen. Zum ersten Mal sah ich, dass viele Menschen den Kosovo beschützen wollten. Sie malten Plakate, zogen warme Klamotten an und gingen raus. Selbst Tante Jehona, die sich nie für andere interessierte, ging diesmal mit ihnen mit.

Vorher wurde ich bei Oma Emine abgesetzt. Da es spät abends war, ging ich schlafen. Oma Emine blieb noch wach und wollte sich die Nachrichten im Fernsehen anschauen. Ich schlief schnell und fest ein und hatte einen Traum: Die weißen Wände in meinem Zimmer hatte jemand mit großen Madonna-Postern bedeckt.

Es wurde Tag. Meine Eltern kamen, um mich abzuholen. Als ich Papa im Eingang sah, sah ich sofort sein blaues Auge. Auf seiner Nasenspitze hatte er Blutreste. Als ich ihn fragte, was passiert sei, meinte er, er sei hingefallen bei der Versammlung. Ich holte ein paar Taschentücher und versuchte, ihm die Blutkratzer von der Nase wegzuwischen.

Meine Eltern sahen müde aus. Die Haare zerzaust, die Klamotten verdreckt, als hätte sie jemand in Schlamm getunkt. Meine Mama war so nachdenklich und hatte fast vergessen, mich zu begrüßen. Sie unterhielt sich leise mit Oma. Irgendetwas Schlimmes musste passiert sein, denn Oma Emine erschrak und hielt sich den Mund zu.

Als wir in unserer Wohnung waren, wollte ich uns einen Tee kochen. Ich hatte für alle Früchtetee vorbereitet und wollte ihnen eine Freude machen. Jeder freut sich über eine Tasse Tee, dachte ich. Meine Eltern waren verstummt.

Der Tee schmeckte gut, ich hatte mir auch ein Stück Brot genommen, weil ich einen Bärenhunger hatte, mein Brot mit Pflaumenmarmelade und Ziegenkäse schmeckte lecker, nebenbei erzählte ich meinen Eltern von meinem Traum.

Ich wollte sie zum Lachen bringen, aber es war unmöglich: „Era, bei der Versammlung gestern ist etwas sehr Trauriges passiert, aber wir werden es dir sagen müssen, auch wenn es uns sehr schwerfällt.“

Ich war still. Meine Augen waren ganz weit auf.

Papa sprach ganz langsam: „Onkel Agim ist gestern Nacht gestorben. Die serbische Polizei hat ihn bei der Versammlung erschossen, er war auf der Stelle tot.“

Mir fiel mein Marmeladenbrot aus der Hand, ich fing an zu weinen. Meine Eltern sagten erstmal nichts. Ich weinte und weinte und weinte. Sie versuchten mich zu trösten, umarmten mich, aber es half nichts. Ich wusste nichts vom Tod, ich wusste nur, dass Onkel Agim uns nie mehr besuchen würde, weil er einfach nicht mehr da war.

„Era, wir alle müssen sterben, die einen früher, die anderen später", versuchte meine Mutter mich zu beruhigen. „Die Menschen haben so etwas wie eine Seele, wenn sie tot sind, dann lebt diese Seele irgendwo anders weiter. So ist das auch bei Onkel Agim", meinte Papa.

„Also ist er nicht so richtig tot", stotterte ich heulend.

„Sein Körper ist tot, aber seine Seele lebt", wiederholte meine Mutter.

In meinem Kopf war ein großer Nebel mit vielen Fragezeichen, aber ich war zu traurig, um Fragen zu stellen.

Zwei Tage später fand die Beerdigung vom Onkel statt. Meine Eltern waren schwarz angezogen. Beide waren nachdenklich, mein Vater vergaß fast, seine Krawatte anzuziehen. Meine Mutter wischte sich die Tränen weg und sagte leise vor sich hin „was ist das nur für ein Leben." Mein Vater schaute sie an und sagte nichts. Ich saß auf unserer orangenen Couch, wollte um jeden Preis mit auf die Beerdigung gehen und eine gelbe Blume in Onkel Agims Grab legen. Da erklärte mir mein Vater erstmal, dass das nicht ginge. Kinder waren bei Beerdigungen nicht erlaubt: „Der Imam will nicht, dass Kinder dabei sind", so mein Vater.

„Ist der Imam Onkel Agims Vater?", fragte ich.

Da mussten meine beiden Eltern lächeln.

„Nein, Era, ein Imam ist ein muslimischer Gelehrter, der leitet das Gebet, wenn Onkel Agim in die Erde gelegt wird", erklärte mir meine Mutter.

„Warum braucht Onkel Agim Gebete? Wäre es nicht schöner, wenn alle, die ihn liebhaben, sich von ihm verabschieden und wir danach einfach nach Hause gehen?", wollte ich wissen.

„So machen es die Muslime Era, glaube mir, ich bin auch kein Fan von diesen Imamen. Die erzählen meist viel Quatsch, aber heute muss ich da durch“, sagte mein Vater leise.

„Und wann verabschiede ich mich von Onkel Agim?“, fragte ich.

„Wenn die Beerdigung vorbei ist und die Leute gegangen, holen wir dich ab. Dann kannst du deine Blume auf sein Grab legen“, versprach mir meine Mutter.

„Genauso machen wir es. Da kann kein Imam der Welt was dagegen haben“, sagte Papa. Zwei Stunden später taten Mama und Papa, was sie versprachen. Sie holten mich bei Oma Emine ab, brachten mich zu Onkel Agims Grab, ich legte meine gelbe Blume hin und verabschiedete mich unter Tränen von ihm.

„Danke für die Lieder, die du mir aufgenommen hast, Onkel. Ich hoffe, dich ärgert niemand, wo du bist. Ich vermisse dich. Aber ich werde dich ab und zu hier besuchen kommen. Versprochen.“

Sein Grabstein war weiß, sein Foto sah so aus, wie ich ihn kannte und immer in Erinnerung behalten werde: lächelnd und voll motiviert.

Danach ging ich mit ihnen zu Tante Anitas Zuhause. Dort gab es ein kleines Abendessen für die Gäste. Ich war das einzige Kind. Als sie mich sah, küsste Tante Anita meine linke und rechte Wange. Und sagte mir, sie habe sehr viele Teigtaschen mit Käse und Spinat in der Küche stehen. Ich solle so viele essen wie ich wollte. Ihre Augenringe waren blau, ihr Kleid und ihr Blick schwarz wie die Nacht.

Ich stand im Wohnzimmer mit Teigtaschen in der Hand und dachte, dass Onkel Agim ein richtiger Held war. Er war gestorben, weil er gegen diesen Milosevic gekämpft hatte.

Irgendwann kamen wir heim, tranken noch einen Tee und gingen schlafen.

Gegen Mitternacht, als ich fest eingeschlafen war, hörte ich einen großen Knall, der mich aus dem Schlaf riss. Und wieder hörte ich laute Stimmen von Männern, die unsere Wohnung durchsuchten, sie fragten etwas auf Serbisch in einem herrischen Ton. Meine Mutter redete mit ihnen.

Und wieder knallte das Geschirr. Klapperten die Türen. Unterlagen flogen durch die Gegend.

Ich machte die Tür zu meinem Zimmer zu und schaute durch das Schlüsselloch.

Die Männer durchsuchten jede Ecke unserer kleinen Wohnung, sie machten Risse in die Wände und nahmen Unterlagen aus dem Wohnzimmerschrank mit. Ich verkroch mich unter meiner Decke, zählte immer wieder bis zehn, hielt mir die Ohren zu.

Es dauerte nicht lange und es wurde ruhig. Die Männer gingen. Diesmal traute ich mich, ging in die Küche, meine Mutter war dabei, die Unterlagen aufzuheben und aufzuräumen.

„Was waren das für Männer, was wollten sie schon wieder?“, fragte ich.

„Die schauen nur, aus welchem Baustoff die Wände sind“, antwortete sie mir abwesend.

„Warum, was stimmt nicht mit unseren Wänden?“

„Ach Era ... ich weiß es auch nicht“, erklärte Mama.

„Wie bitte? Und deswegen kommen die in der Nacht und bringen alles durcheinander? Im Ernst?“, ich zog die Augenbrauen hoch.

Meine Mutter schwieg.

„Wo ist Papa?“

„Er musste mit den Männern mitgehen, er kommt morgen wieder“, sie sprach leise.

„Schon wieder???“, fragte ich.

„Ja, Era schon wieder. Komm, komm, ins Bett.“

Ich sah, dass unsere Eingangstür wieder kaputt war, da es aber kurz nach Mitternacht war und ich so müde, schlief ich in den Armen meiner Mutter ein. Sie roch so schön nach frischen Blumen im Frühling, auch wenn sie noch so traurig war.

Am Morgen kam Papa zurück und stand an der Küchentheke. Er bereitete frischen Heidenblütentee vor. Als er mich sah, sagte er fröhlich und laut: „Guten Morgen, meine Era", und umarmte mich ganz doll. Ich drückte ihn auch so fest ich konnte und wollte ihn gar nicht mehr loslassen.

Ich glaube, mein Papa war nicht so fröhlich, er tat nur so, um mich aufzuheitern, denn als er auf meine Mutter blickte, wirkten seine Augenlider so schwer, dass ich dachte, sie gingen jede Sekunde zu. Er sah so aus, als ob er mit den Tränen kämpfen musste. Meine Mutter rannte in seine Arme und küsste sein ganzes Gesicht. Als wir drei in der Küche saßen und heißen Tee tranken, sagten wir nichts.

Aber etwas lag in der Luft. Irgendetwas sagte mir, dass mein Papa wieder weggehen würde. Am nächsten Tag verkündete mir Mutter, dass mein Papa nach Berlin gegangen sei. Und wir sollten ihm bald nachreisen. Komischerweise fand ich seinen Abgang diesmal nicht so schlimm. Ich war mir sicher, ich würde ihn wiedersehen.

Nun, mein Vater war weg, in Berlin, sonst war alles wie immer: Die Schule war wieder auf, ich ging bereits in die siebte Klasse, ich ging immer noch nicht gerne hin. Zum Glück war Gezim da, mit ihm ertrug ich das viel besser. In seiner Nähe hatte ich auch Glücksgefühle wie bei Madonna. Weil er in meine Klasse ging, machte mir sogar der Matheunterricht Spaß. Auch wenn ich geknickt bin, dass er 1.000 Mal besser in Mathe war als ich. Vor Mathe hatte ich Angst. Seit der ersten Klasse. Ich hasse Zahlen, Brüche, Minus und Plus. Mir fehlt das Mathe-Gen. Ich verstehe nicht, warum Dreiviertel sich so viel anhört, wenn es doch eigentlich wenig ist.

Ich kam oft deswegen heulend nach Hause.

„Was ist denn los, Era“, fragte mich meine Mama mal.

„Ich bin ein typisches Mädchen, ich kann kein Mathe“, antwortete ich unter Tränen.

„Aber du bist doch nicht die Einzige, Era, sicher geht das anderen in deiner Klasse genauso.“

„Du musst nur mehr üben, dann wird das schon.“

„Ich will aber nicht so ein typisches Mädchen sein, nur Mädchen können kein Mathe.“

„Wer hat dir denn diesen Quatsch eingeredet? Auch Jungs sind schlecht in Mathe. Dann gehen wir das mal an, damit du besser wirst. Ich werde Tante Aferdita anrufen und bitten, zweimal die Woche mit dir zu üben.“

„Okay, ich will auf jeden Fall besser in Mathe werden. Zumindest will ich mit Gezim mithalten können“, beschloss ich.

Tante Aferdita war Mamas gute Freundin und Mathelehrerin. Sie war auch bei den Veranstaltungen gegen Milosevic dabei. Sie übte zweimal die Woche regelmäßig mit mir.

Tante Aferdita war ziemlich geduldig mit mir. Auch wenn ich mir, im Nachhinein, gut vorstellen kann, dass sie mit ihren richtigen Schülern streng umgesprungen ist. Das verriet ihre Stimme und bissige Art. Ich glaube, sie hatte ein gutes Herz, war aber traurig, weil sie keine eigenen Kinder hatte und nie einen Ehemann gehabt hat. Sie war immer alleine. Selbst ihr Vater hat einmal zu ihr gesagt, sie sei wie eine Hexe, deswegen wolle sie auch kein Mann zur Frau nehmen. Sie tat mir leid. Sie war den ganzen Tag von Schulkindern umgeben, hatte aber keine eigenen.

Im Kosovo waren Ehemänner, Ehefrauen und Kinderkriegen das Wichtigste im Leben. Und nicht nur eins. Zwei. Drei. Vier. Fünf Kinder mussten her. Erst dann hatte man etwas im Leben erreicht.

Arme Tante Aferdita. Ihre Wut merkte man ihr an, wie sie an ihrer Zigarette zog. Ich hatte dann das Gefühl, sie wollte das Ding auffressen. Sie rauchte wirklich wie ein Schlot und stank nach Zigaretten. Zudem war sie immer schwarz angezogen, hatte graue Haare, eine große Nase und viele braune Flecken im Gesicht. Eine dunkle Stimme. Und ja, sie schaute auch etwas unheimlich aus. Ihr Blick war unruhig. Seltsam. Sie war wie auf der Flucht. Immer in Eile. In ihrer großen schwarzen Tasche hatte sie viele Kugelschreiber, drei kleine Blöcke. Sie sagte, sonst vergisst sie die Hälfte. Alles in allem eine seltsame Frau, aber zu mir war sie nett. Das war die Hauptsache.

„Ich bin schlecht in Mathe, weil ich ein Mädchen bin, stimmt's Tante Aferdita?", da lachte sie sehr laut. Ihr Lachen machte sie hübsch. Wenn sie lachte, bildeten sich Grübchen in ihren Wangen. Da fand ich sie zum ersten Mal nicht unheimlich, sondern freundlich. In dem Moment war ich der Meinung, Tante Aferdita sollte viel häufiger lachen. Dann wäre es für sie vielleicht einfacher, einen Ehemann zu finden.

„Era, wo hast du deinen Kopf? Ich habe gesagt, dass es nix auf der Welt gibt, worin Mädchen schlechter sind als Jungs. Mädchen sind in allem gleich gut oder gleich schlecht wie Jungs. Lass dir nix anderes einreden. Vieles spielt sich im Kopf ab, Era. Du musst anfangen, positiv über Mathe zu denken, dann wirst du auch besser", sagte sie wieder im ernsten Ton.

„Okay ... Heißt das auch, wenn ich positiv über Madonna denke, dass ich eines Tages auch ein Konzert von ihr besuche?"

„Ja, ganz bestimmt", sagte Tante Aferdita wieder lachend.

Ab dem Tag versuchte ich nur positiv zu denken, über Mathe, über Tante Shpresa, über meine Lehrer. Aber irgendwie half das nichts. Mathe war trotzdem bescheuert. Ich saß im Mathe Unterricht auch ganz hinten. In der Hoffnung, die Lehrer würden mich einfach übersehen.

Aber das wussten die natürlich. Es war eine Qual.

5. Novemberreise und gelbe Tulpen

Prishtina 1996

Die Sonne schien direkt in mein Zimmer, so als wollte sie mir ganz persönlich Hallo sagen. Ich lächelte sie an und genoss ihre Wärme auf meinem Gesicht. Lange. Draußen war es sehr kalt, es hatte den ersten Schnee gegeben, ein echter Novembermorgen. Seit Onkel Agim tot war und mein Papa in Berlin, besuchten uns diese serbischen Männer nicht mehr. Es war ruhig in unserer Wohnung. Keine Versammlungen mehr. Keine wilden Diskussionen. Alle gingen weg: Tante Jehona ging zu Tante Lirie nach Schweden. Tante Shpresa war seit Onkel Agims Tod spurlos verschwunden. Tante Anita, die Frau von Onkel Agim, ging zu ihren Eltern zurück und lebte bei ihnen im Dorf. Onkel Enver und Onkel Lum gingen nach Österreich. Nur Oma Emine, meine Mutter und ich blieben in Prishtina.

An diesem Morgen schaute meine Mutter ernst aus und nachdenklich. Aber das war nicht mehr so schlimm wie früher, als Papa noch arbeiten war. Ihre Gedanken waren trotzdem weit weg, sie antwortete nur in Bruchstücken. Sie machte Pfannkuchen und schien komplett wegzuträumen. Sie machte immer Pfannkuchen und schwarzen Tee zum Frühstück, wenn es was Wichtiges zu sagen gab.

Damit versuchte sie mich auch ein bisschen rumzukriegen: „Era, übermorgen reisen wir ab. Wir gehen zu Papa nach Deutschland."

„Was?", erschrak ich. „Da komme ich nicht mit!"

„Natürlich kommst du mit, meinst du, ich lasse Dich hier alleine?"

„Ich will aber nicht nach Deutschland, da reden die Menschen so als hätten sie einen Frosch im Hals."

„Era, das ist doch Quatsch. Komm, iss deinen Pfannkuchen, er wird kalt. Du hast drei Tage, um deine Lieblingssachen zu packen und Dich von Oma Emine, Gezim und den anderen Kindern zu verabschieden", sagte sie fast beiläufig.

„Kann ich nicht bei Oma bleiben, sie bleibt doch hier, oder kommt sie doch mit?"

„Nein, sie kommt nicht mit. Sie möchte nicht. Aber es kommt auf gar keinen Fall in Frage, dass du bei ihr bleibst."

„Warum denn nicht?"

„Weil du mein einziges Kind bist. Und weil es hier auf Dauer zu gefährlich wird."

„Hier wird es gefährlich und die Oma muss hier alleine bleiben? Spinnst du?"

„Era, Oma ist alt, sie will nicht mitgehen, sie will ihr Haus nicht verlassen, sie will nicht von vorne anfangen irgendwo. Ich kann sie nicht zwingen, mitzugehen, aber dich schon. Ende der Diskussion."

„Und was, wenn dieser Hitler in Deutschland noch lebt?"

Meine Mutter ließ fast das Tablett.

„Era, meine Güte! Dieser Hitler ist schon lange tot. Deutschland ist ein demokratisches Land. Hör auf, sowas zu sagen. Wo hast du das aufgeschnappt?"

„Habe ich im Fernsehen bei Oma gesehen. Da hat der Hitler die Menschen in Züge gesteckt. Und dann ist Rauch in den Himmel gestiegen."

„Ah Era, du hast eine alte Dokumentation gesehen. Das ist in Deutschland heute nicht mehr so."

„Aber Deutsche sind trotzdem gemein. Sie wollten Lana, Omas beste Freundin, klauen, weil sie Jüdin war. Weißt du, wie traurig die Oma ist, weil sie sich von Lana nie hat verabschieden können? Können wir nicht nach Amerika gehen? Da soll es nur glückliche Menschen geben. Außerdem lebt Madonna dort."

„Era, hör auf zu spinnen. Deutschland ist ein tolles Land. Sonst wäre doch der Papa nicht hingegangen. Es wird uns allen gut gehen dort. Berlin ist eine große Stadt. Die Sache mit den Juden ist lange, lange her. Jetzt ist Deutschland ein ruhiges Land. Ein Land, wo jeder frei leben kann. Dort können wir glücklich sein, ohne Polizisten auf der Straße, ohne Angst, ohne Arbeitslosigkeit. Du kannst dort ganz normal aufwachsen. Gute Schulen besuchen, schöne Sachen erleben."

Auch wenn ich Papa vermisste, wollte ich keine Veränderung. Mein Leben in Prishtina gefiel mir. Die Sache mit Lana hatte sich in meinem Gehirn eingenistet. Ich konnte das nicht so einfach vergessen. Zudem hatte ich in der Schule seit Omas Geschichte viele Fragen gestellt zu den Juden. Alles war wahr. Die Deutschen hatten viele Juden in Gaskammer gesteckt und verbrannt.

„Aber Mama was, wenn die Deutschen uns verbrennen? Du kennst sie doch auch nicht", sagte ich ernst.

„Nein. Bitte sag so etwas nicht mehr. Der Krieg in Deutschland ist seit vielen Jahren vorbei. Dort herrscht Frieden. Vertrau mir doch mal. Era. Freu dich lieber auf Berlin, die Wahrscheinlichkeit, dass du dort ein Madonna-Konzert besuchen kannst ist viel, viel größer als hier."

Ich hielt den Kopf schräg.

„Berlin ist eine friedliche Weltstadt, da treten viele große Musiker auf" sagte sie.

Damit hatte sie mich überzeugt. Gegen Madonna kam einfach nix an.

Lustlos fing ich an, meine Tasche zu packen. Meine Mutter hatte mir gesagt, nur das Nötigste mitzunehmen, ich sollte nicht so schwer schleppen, da wir ein paar Tage unterwegs sein würden, bis wir in Berlin ankommen würden.

Zwei Tage später verabschiedete ich mich unter Tränen von Großmutter Emine, die wirklich beschlossen hatte, alleine in Prishtina zu bleiben.

„Ich bin alt und kann nicht mehr irgendwo ein neues Leben starten. Ich bleibe hier, wo ich schon immer war, komme was wolle, selbst den Tod werde ich herzlich begrüßen. Mein geliebtes Zuhause werde ich für nichts auf der Welt verlassen", sagte sie.

Dann küsste sie mich auf die Stirn. Das machte sie oft bei mir. Sie war die einzige, die mich schnell zum Weinen bringen konnte. Nicht einmal die serbischen Polizisten, die unser Haus durchsuchten schafften das.

Sie gab mir ein blaues Halstuch, es sollte mich vor bösen Blicken schützen: „Hör auf zu weinen, mein Kind. Du wirst sehen, Deutschland wird dir gut gefallen. Dieses Halstuch passt gut zu deinen Augen. Wenn du einen hübschen Mann triffst oder dir eine Prüfung bevorsteht, dann trag es. Es wird dir Glück bringen."

Ich wickelte mir das Tuch gleich um meinen Hals und wusch mir die Tränen weg. Glück könnte ich gut gebrauchen, dachte ich.

Dann gab sie meiner Mama eine Tasche voll mit Lebensmittel: Brote, Obst, Gemüse und Nüsse. Anschließend küsste sie meine Mutter auf beide Wangen. Oma Emine war die Einzige, die nicht weinte.

Gezim und seine Eltern kamen auch vorbei, um sich von uns zu verabschieden. Er stand da, seine Hände in den Hosentaschen versteckt, schaute mich mit seinem festen Blick an, lächelte müde: „Tschüss, Era, ich werde dich vermissen."

„Ich werde dich auch vermissen, Gezim, aber ich rufe dich ab und zu an, um dir von Berlin zu erzählen."

Dann umarmte ich ihn und gab ihm einen Kuss auf die Wange.

Er legte seine Arme um meine Schulter und drückte mich ein bisschen. Ich hatte das Gefühl, er hatte Schwierigkeiten, mich zu umarmen, wahrscheinlich, weil er nicht wollte, dass ich wegging. Ich drückte ihn umso fester. Nach ein paar Sekunden ließ ich ihn aber los.

Unsere halbe Nachbarschaft war gekommen, es kamen Leute vorbei, mit denen ich nie was zu tun hatte. Alle standen draußen in der Kälte herum, einige weinten und winkten uns zu, andere weinten und knutschten mich ab.

In wenigen Minuten saßen wir im Auto Richtung Deutschland. Richtung Berlin. Wir fuhren drei Tage lang. Über Serbien, Ungarn, Slowakei und Tschechien, weiter und weiter und weiter.

Über Berge, Wälder, Täler. Immer wieder ruckelige Straßen, dann wieder gute große Straßen, Pause machen, auftanken, etwas ausruhen, und weiter, weiter.

Meine Mutter hatte für die Reise einen Fahrer arrangiert. An der Grenze zu Deutschland, in Tschechien, sollte dieser Fahrer uns mit einer Gruppe von Männern bekannt machen, die uns nach Berlin bringen würden. Die Männer holten uns in einem großen alten Haus in Tschechien ab.

Es war ein mächtiges Haus, das bestimmt sehr reichen Leuten gehörte. Das Zimmer, wo wir ein paar Stunden blieben, war so groß, dass man Fußball darin hätte spielen können.

In der Mitte stand ein Tisch mit gelben Blumen. Meine Mutter erklärte mir, das seien gelbe Tulpen.

„Gelbe Tulpen stehen für Freude, Era, das ist ein gutes Zeichen. Das heißt, wir werden gesund in Berlin ankommen."

Ich war von der Unendlichkeit dieses Raumes überwältigt, so dass ich über ihre Worte gar nicht nachdachte. Dieser Raum war dreimal so groß wie unsere gesamte Wohnung in Prishtina. Drumherum waren große Fenster und weiße, dicke Gardinen, am Türeingang stand ein kleiner Tisch mit einem Kaffeeautomaten, Wasser, Zitronengebäck. Jeder, der vorbeiging, konnte sich bedienen. Es gab zwei Ledersofas, wo man seine Zeit absitzen konnte.

So stellte ich mir ein großes Hotelzimmer vor. Wir trafen auch andere Menschen, die auf dem Weg in eine bessere Zukunft waren, nach Deutschland, Österreich oder in die Schweiz.

Die meisten von ihnen waren Männer. Einige sprachen Albanisch, andere Bosnisch.

Meine Mama war die einzige Frau, ich das einzige Mädchen.

Nach wenigen Stunden in diesem Hotelzimmer fuhren wir weiter, mit einem dunklen Jeep. Da es Nacht war, konnte ich nicht viel erkennen. Der Jeep brachte uns zu einem Wald. Dort warteten zwei andere Männer, die uns weiterführten. Die Männer konnte ich kaum erkennen. Ich hörte nur ihre Stimmen, die so klangen, wie die serbischen Polizisten, wenn sie nachts in unsere Wohnung kamen.

Von hier aus sollten wir zu Fuß gehen, den Wald überqueren und uns leise verhalten.

Es war eine ruhige und schöne Nacht. Die Luft war so klar, dass es fast in den Nasenlöchern brannte, wenn ich einatmete. Der Himmel war voller Sterne. Wenn wir nicht so in Eile gewesen wären, hätte ich bestimmt so viele Sterne gezählt, wie ich konnte, die hochgewachsenen Bäume berührten fast den Himmel, die Äste bewegten sich, als wollten sie sich umarmen. Es hatte ein wenig Schnee gegeben.

Ich hörte meine Schritte durch den Schnee stampfen. Ich dachte an Madonna, um mich aufzuheitern. Wie schön es doch wäre, „Material Girl“ zu singen. Es würde sich bestimmt toll anhören. Aber ich traute mich nicht. Ich hätte uns alle in Schwierigkeiten bringen können. Alles ging recht schnell. Bald kamen wir an einen Waldrand und stiegen ins nächste Auto. Auch diesmal war es ein Jeep. Es gab ein kurzes Gespräch der Männer, dann fuhren wir los.

Die Straßen waren gut, leer und keine bergigen Kieswege mehr. Mama nickte mir zu und hielt meine Hand fester. Sie flüsterte mir zu: „Mach die Augen zu, es wird alles klappen."

Als das Gelände nicht mehr so bergig war, schlummerten Mama und ich beide.

Als ich aufwachte, fuhr das Auto ganz langsam und bremste immer wieder. Wir fuhren auf einer großen Straße, an vielen Häusern vorbei. Acht Spuren hatte die Straße, ich konnte es kaum glauben. Überall fuhren Autos. Tausende. Das Morgenlicht hing über der Stadt, es lief leise das Radio. Das war es also, das riesengroße Berlin.

Dauernd gab es Ampeln. Stop. Go. Stop. Go. Der Fahrer zeigte weit nach vorne, wo viele Kilometer entfernt ein blinkender großer Turm zu sehen war. Der andere Mann lächelte. Ich spürte plötzlich Mamas ganz stark und sah, dass sie weinte.

6. In Deutschland wohnt das Glück

Berlin 1996

Die Männer setzten uns vor einem Restaurant im Stadtteil Kreuzberg ab. Ich hatte meinen Rucksack dabei und eine Tüte in der Hand mit Lebensmitteln von Oma Emine, die noch immer halb voll war. Draußen war es trüb und so frostig, dass mein ganzer Körper vor Kälte brannte. Dann fing es auch noch an zu schneien. Es rieselten große perfekte Schneeflocken vom Himmel, als wollten sie mir Guten Tag sagen. Ich schloss für einen Moment die Augen und zeigte mein Gesicht dem Himmel.

Ich atmete, spürte die kalte Nässe auf meinem Gesicht und dachte nach. Die Schneeflocken sind bestimmt auch lange unterwegs, bis sie auf der Erde landeten. Mir hatte mal Onkel Agim erzählt, dass eine Schneeflocke je nach Größe bis zu einer Stunde braucht, um auf dem Boden zu landen. Diese hier in Berlin sind sehr groß. Also waren sie echt lange unterwegs.

Ich hatte zwar eine Jeanshose und einen roten dicken Wollpulli an, aber für dieses Wetter konnte man sich nicht warm genug anziehen.

Meine Mutter gab den Männern einen Batzen deutsche Mark und verabschiedete sich von ihnen, wir gingen in das Restaurant rein. Die Männer im Restaurant redeten Albanisch. Ich glaube, sie wussten genau, wer wir sind. Meine Mutter unterhielt sich freundlich mit ihnen, auch wenn ich nicht alles verstand, weil ich durchgefroren war.

Ihre Augen funkelten. Sie gab mir einen Kuss: „Danke, Era dass du alles so gut mitgemacht hast. Alles ist gut gegangen. Wir sind in Sicherheit. Jetzt kann uns nichts mehr passieren“, und wieder küsste sie mein Gesicht.

„Mama, warum hast du im Auto geweint?“

„Aus Freude, Era, weil alles gut gegangen ist“, sagte sie.

Jetzt grinste sie mich an wie ein Honigkuchenpferd.

„Aber hier ist es ganz schön kalt, ich glaube der November hier ist ein richtiges Biest, viel schlimmer als der in Prishtina", sagte ich und wärmte mir die Hände.

„Gleich wird es dir warm werden Era. Setz dich hin, ich bestelle uns was Warmes zu trinken", dann drehte sie sich um und ging Richtung Theke.

Ich sagte nix. Alles erschien mir wie ein Traum. Ich saß an einem Tisch mit einer weißen Plastikdecke, direkt an der wohlig warmen Heizung. Auf dem Tisch war ein Aschenbecher, zwei Gläser, eine Karaffe Wasser. Und eine pinke Blume. Als ich die Blume näher anschaute und anfasste, stellte ich fest, sie war aus Plastik. Dann schaute ich mich um.

Das Restaurant war genau so groß wie unsere Wohnung in Prishtina. Es hatte acht Tische, alle mit Decken aus Plastik verhüllt und mit einer pinken Plastikblume dekoriert. Die Stühle waren aus dunkelbraunem Holz. Die Wände grün bemalt, ein paar schwarz-weiß Bilder mit alten Männern und Frauen. Ich erkannte ein paar Fußballwimpel von albanischen und anderen Mannschaften. Auch ausgeschnittene Zeitungen hinter Glas.

Um die Theke waren fünf dunkelbraune Hocker. Hinter der Theke ein großer Spiegel und viele alkoholische Getränke. Die Männer, die Albanisch sprachen, waren freundlich, lächelten mich immer wieder an. Einer brachte mir eine heiße Schokolade. Der Mann sagte: „Meine Kinder sagen dazu Kaba, probier mal."

Ich nahm einen Schluck, es schmeckte sehr gut, so wie wenn Schokolade in meinem Mund schmelzen würde. Meine Schultern entspannten sich.

Kaba klang witzig. Fast wie Kaffee, der Kaffee der Fünfzehnjährigen, dachte ich. Es war das erste Wort, dass ich in Deutschland lernte.

Meine Mutter kam zurück und setzte sich. Sie trank einen Pfefferminztee: „Papa kommt uns gleich abholen. Bis er da ist, essen wir eine Kleinigkeit. Möchtest du noch was frühstücken, oder schon was Richtiges?"

„Schon was Richtiges, Mama."

Wir hatten auf der ganzen Reise vor der Aufregung wirklich nur Snacks und Obst von Oma gegessen. Nichts im Vergleich zu dem, was nun kam.

Wir bekamen reichlich Brokkoli, gebratenes Lamm und Kartoffeln. Dampfend, gut riechend. Herrlich.

Dazu tranken wir Orangensaft. Die Teller waren weiß, das Besteck schwer. Das Fleisch war so zart, es schmeckte so gut, dass ich nach einer zweiten Portion verlangte.

„Das deutsche Essen schmeckt schon mal sehr gut, Mama."

Mama lachte plötzlich.

„Na, mein Schatz. Das ist aber fast alles albanisches Essen. Aber du wirst sehen, hier ist auch alles andere gut", sagte sie und nahm ein Stück Lammfleisch in den Mund. Sie kaute und machte Glücksgeräusche dabei. Wir grinsten beide.

Als wir satt waren und ich wieder aufgewärmt war, sahen wir einen kleinen Mann uns zuwinken. Er lief mit hastigen Schritten in unsere Richtung.

Der Mann war mollig, mit schlechten Zähnen, kaum Haaren auf dem Kopf, hatte aber dafür sehr gute Laune. Er hatte ein weißes Hemd an, einen schwarzen Anzug, kein Schal, keine Mütze dabei.

Meine Mutter erkannte ihn und sprang vom Stuhl vor Freude.

„Jonuuuuuuuuuz", rief sie.

Er begrüßte sie herzlich, schüttelte ihre Hand. Mir gab er einen High Five, schaute mich an und sprach in freundlichem, weichem Albanisch: „Oh, da hat aber jemand den Berliner Winter von seiner besten Seite kennengelernt. Ihr seid über tausend Kilometer nördlich gefahren! Hier musst du dich warm einpacken, Kind, sonst bekommst du für sechs Monate sehr schlechte Laune. Das ist nicht gut für die Seele."

Er redete mit mir so, als würde er mich seit hundert Jahren kennen.

Onkel Jonuz war ein entfernter Verwandter meines Vaters, der schon seit Jahren in Berlin lebte. Er kam, um uns abzuholen. Wo Papa war, wusste er nicht.

Ein bisschen geknickt deswegen war ich schon, denn immerhin hatte ich Papa seit sechs Monaten nicht mehr gesehen. Aber Onkel Jonuz war ein lustiger Mann, der viel rauchte und witzige Sachen sagte, so dass ich keine Zeit hatte, trübselig zu sein: „Ich lebe seit 30 Jahren in Berlin, aber mein Deutsch ist sehr schlecht. Du wirst in 30 Tagen besser Deutsch sprechen als ich." Dann lachte er ganz laut über seinen eigenen Witz.

Er trank schnell einen Kaffee und sagte, es wäre Zeit zu gehen.

Wir verabschiedeten uns von den Männern im Restaurant und gingen zu seinem Auto. Ich hatte Angst vor der Kälte. Aber es war halb so wild, da er sein Auto nicht weit geparkt hatte.

Er fuhr einen großen schwarzen Audi.

Als wir einstiegen, musste er seinen Sitz hochschieben und saß ganz nah am Lenkrad: „Die Deutschen machen große Autos für lange Kerle, wenn ich hier sitze, siehst das aus, als würde das Auto von alleine fahren", dann drehte er sich um und grinste mich an. Er lachte wieder laut über seinen eigenen Witz.

Diesmal musste ich aber wirklich lachen. Er hatte recht, er war viel zu klein und verschwand fast hinter dem Lenkrad. Mama saß vorne und redete ununterbrochen.

Die Fahrt zu Onkel Jonuz dauerte nicht lange. Im Auto lief das Radio, eine Frau sprach etwas, sie redete schnell, lachte viel. Die deutsche Sprache klang wie Robotergerassel und machte für meine Ohren keinen Sinn.

Aber Onkel Jonuz redete auch pausenlos, wie sollte ich da auch was verstehen. Dazu rauchte er viele Marlboro Zigaretten: „Meinen Kindern habe ich das Rauchen verboten, aber ich selbst rauche wie ein Schlot“, erzählte er meiner Mama und wieder lachte er laut.

Er versuchte alles, um mich zum Lachen zu bringen. Ich schloss ihn sofort in mein Herz.

Auf dieser Fahrt ertappte ich mich dabei, dass mir das, was ich sah, gefiel.

Draußen war viel Platz, keine Enge. Die Wagen und Laster groß, glänzend und schnell. Überall Autos, die an uns vorbeiflitzten. Grüne, braune, rote. Ich hatte noch nie so viele Autos gesehen. Onkel Jonuz Audi hatte karamellbraune Ledersitze mit Heizung. Im Auto war es viel wärmer als manchmal in unserer Wohnung in Prishtina. Die Stadtviertel waren gut ausgeschildert, so dass man leicht sein Reiseziel finden konnte. Überhaupt gab es tausende Schilder. Offenbar für alles und jeden. Werbung, Radio, Fernsehen, überall. Riesige Plakate, kleine Bilder an Laternen. Wer würde das alles lesen?

Dann fuhren wir ein kleines Stück auf der so genannten „Stadtautobahn“, so sagte Jonuz. Er erklärte uns, dass es viele Gegenden in Berlin gebe, wo er sich überhaupt nicht auskenne und dass er ohne die vielen Schilder aufgeschmissen sei. Die blauen großen Autobahnschilder leiteten die Fahrer in die vielen unterschiedlichen Stadtteile, weiter hinaus oder zu einem der drei Flughäfen. Er schaute zu mir und bemerkte mein Staunen.

„Era, deine Augen werden immer größer, pass auf, gleich platzen sie“, dann lachte er wieder. „Deutschland ist ein großes Land, hier führen viele Wege zum Ziel.“

Ich schaute aus dem Fenster und dachte: Was für Menschen wohl hier leben? Ob sie besonders groß sind? Frech? Nett? Freundlich? Witzig? Ob sie auch Madonna mögen?

Und ob sie wohl noch immer was gegen Juden haben? Das sah nicht so aus. Überhaupt nicht wie in dem alten Film. Ich schaute weiter raus und grinste wie ein Honigkuchenpferd.

7. Zauberhaft buntes Kreuzberg

Berlin, 1996

Die Familie von Onkel Jonuz empfing uns mit offenen Armen. Sie lebten in Kreuzberg in einem Hinterhaus. Als wir aus dem Auto ausstiegen, mussten wir ein Stück durch eine schmale Gasse gehen, bis wir den Eingang der Wohnung fanden. Wir liefen Onkel Jonuz hinterher. Seinen Audi hatte er vor dem Haus geparkt, auf einem großen Parkplatz.

Er zog seinem Auto eine große Plastikhaube an, damit der Schnee das Auto nicht über Nacht zermürbte.

„Mein Auto ist mein Partner, Era, ich muss es gut pflegen und gut darauf aufpassen. Ich will es noch lange fahren", sagte er diesmal mit ernster Stimme.

Ich nickte nur. Dann stellte ich fest: Innerhalb dieser kurzen Autofahrt war es draußen noch düsterer und ungemütlicher geworden. Ich war froh, als wir endlich in der Wohnung waren. Am Eingang des Flures erwarteten uns seine Frau Linda, seine Tochter Aurora, sowie seine Söhne Gjin und Bardh. Alle grinsten uns an, schüttelten unsere Hände und hießen uns willkommen. Aurora umarmte mich, obwohl sie mich noch gar nicht kannte. Wir gingen ins Wohnzimmer, den Flur entlang. Der Flur hatte einen Parkettboden, war ganz weiß gestrichen sehr schmal, hatte keine Fenster und war fast 15 kleine Schritte lang. Im Flur entlang waren fünf Türen. Ganz am Ende war das Wohnzimmer. Ich fand diesen Flur ein bisschen düster. Gleich am Eingang waren viele Stromkästen zu sehen, Tante Linda hatte versucht, sie mit einer weißen Gardine zu verstecken. Gleich neben den Stromkästen war ein großer offener Schuhschrank. Gegenüber dem Schuhschrank war eine Garderobe. Am Inneren der Garderobe war ein Spiegel, gleich daneben eine große Box mit verschiedenen Schlüsseln und Anhängern. Die Wände des Flures waren genauso so nackt wie damals mein Zimmer in Prishtina.

Aber es roch herrlich nach frisch gebackenen Teigtaschen mit Spinat und Käse. Mir lief das Wasser im Mund zusammen, obwohl ich ja bereits gegessen hatte.

Im Wohnzimmer war alles anders. Es waren viele Bilder und Pflanzen an den Wänden, dass ich dachte, ich sei in einem Wintergarten gelandet. Super gemütlich. Dann hörte ich einen Vogel singen. Ein großer, rotgelber Papagei in einem Käfig. Als er mich sah, bewegte er sich so als wollte er tanzen, um mich zu begrüßen.

Tante Linda schaute mich lächelnd an: „Era, schau mal, das ist Alibaba, er freut sich, dass du da bist. Deshalb benimmt er sich so."

Der Papagei sprach ihr nach: „Raa, macht er immer so, so, immer so", und bewegte seinen Kopf hin und her.

Ich musste grinsen. Ich hatte noch nie einen Vogel gesehen, der sprechen konnte und Alibaba hieß. Ich fand den Namen komisch.

Linda wiederholte immer wieder: „Shyqyr qe keni mrri mire, allahu eshte i madh", was so viel bedeutet wie „zum Glück seid ihr wohlauf. Allah ist groß", und knutsche mich mehrmals dabei ab. Gott hieß bei ihr Allah, wie bei Oma Emine.

Als ich dabei war, ihre Schmatzer wegzuwischen, sah ich meinen Papa im Flur auf mich zukommen. Ich sprang auf und rannte ihm in die Arme. Er sah gut aus. Hatte eine gesunde Farbe im Gesicht, trug einen blauen Pulli, war etwas dicker geworden. Seine haselnussfarbenen Augen strahlten vor Glück und Erleichterung. Als er meine Mutter ansah, küsste er sie wortlos. Sie weinten beide Freudentränen. Und wieder waren wir drei vereint.

Meinen Papa überschüttete ich mit Neuigkeiten: Dass ich ganz gut Englisch sprechen kann, Dank Madonna. Dass ich ein gutes Zeugnis bekommen hatte, trotz der schlechten Mathenote. Dass ich zweimal in einem Jeep mitgefahren bin. Dass Onkel Jonuz lustig ist. Dass Deutschland viel toller ist, als ich mir das ausgemalt hatte. Und dass ein Vogel wie Alibaba nicht im Käfig eingesperrt sein sollte. Er sollte frei fliegen können.

„Aber dem Papagei geht's hier doch gut, er singt und albert herum", dann grinste er mich an.

Als ich noch nach einer passenden Antwort für meinen Papa suchte, wurde ich gestoppt. Aurora kam auf mich zu, sie sprach in einem ruhigen und angenehmen Ton, strahlte mich an und roch nach Mandarine.

„Era, hier hast du ein Handtuch und ein paar Sachen, falls du duschen möchtest. Du bist ja ein paar Tage unterwegs gewesen. Wenn du willst dann zeige ich dir jetzt das Bad. Dann bist du schon erfrischt, wenn wir essen", sagte sie. Sie hatte mir Unterwäsche, eine schwarze Hose und eine blaue Bluse aus Seide mitgebracht.

Ich roch an meinem Pulli und schaute meine fettigen Haare an: „Ganz sicher, eine Dusche ist jetzt genau das Richtige für mich. Danke, Aurora." Sie lächelte mich lieb an. Ich folgte ihr.

Das Bad war groß und strahlend hell. Ich glaube, die Wände waren gelb. An der Decke hingen viele kleine Lampen, die ein warmes Licht ausstrahlten. Neben der Duschkabine gab es noch eine Badewanne. Gegenüber der Badewanne gab es eine Kommode mit grünen, weißen und roten Handtüchern. Dann gab es auch eine Kommode für Schampons, Haargel, Schminke und Schmuck. Nebendran waren ein Waschbecken und ein großer Spiegel. Auch um den Spiegel waren kleine Lampen angebracht.

Das Badezimmer wirkte wie in einem irren Hotel im Film.

Frisch gewaschen ging ich ins Wohnzimmer zurück, alle redeten wild durcheinander, Onkel Jonuz rauchte seine Zigaretten, der Fernseher lief, Alibaba machte seine Geräusche, albanische Musik ertönte aus der Küche. Tante Linda sah mich an, es platzte aus ihr heraus: „Era, das Blau steht dir sehr gut. Es passt wunderbar zu deiner Augenfarbe. Gefällt es dir auch?“, sie schaute so, als wollte sie von mir eine Bestätigung dafür bekommen.

„Ja, ich gefalle mir. Dankeschön“ und grinste sie auch an.

Tante Linda war mir sympathisch; sie hatte zwar etwas Strenges an sich, aber sie war okay; knallrote Haare, die sie wie Oma Emine mit Henna färbte. Zwei Vorderzähne aus Gold, eine glänzende strahlende Haut, und ganz viele dicke Ketten um den Hals, auch aus Gold. Ihr weiter, langer Rock ging bis zum Boden, sie musste beim Laufen aufpassen, nicht zu stolpern. Sie redete ganz schnell, ich musste mich konzentrieren, um sie zu verstehen: „Ein hübsches Mädchen bist du, aber auch hübsche Mädchen sollten nicht stundenlang im Bad verbringen, wir warten alle mit dem Essen“, sagte sie im strengen Ton.

„Oh, tut mir leid, aber das Badezimmer ist so schön, ich wollte da gar nicht mehr rausgehen.“

Tante Linda schmunzelte über meinen Kommentar.

In der Küche war eine große, runde Sitzecke. Ich suchte mir den besten Platz aus, saß genau in der Mitte und freute mich aufs Essen. Die anderen kamen nach: Onkel Jonuz und seine Söhne, Mama, Papa. Aurora war bereits in der Küche und hatte das Essen angerichtet. Sie füllte noch die Gläser mit Joghurt, als Tante Linda mich mit großen Augen ansah: „Du sitzt hier, liebe Era“, das klang wie ein Befehl.

Ich rutsche rüber und sagte nix. Anscheinend durfte hier nicht jeder sitzen, wo er wollte.

Onkel Jonuz saß auf meinem vorherigen Platz, neben ihm seine Söhne, links mein Papa. Dann kamen Mama, Tante Linda, ich. Für Aurora war kein Platz. Sie blieb stehen und bediente uns.

Die Küche war im Gegensatz zum Bad klein und auch nicht so hell. Aurora machte das Licht an, das machte die Atmosphäre in der Küche etwas freundlicher: Fünf Küchenschränke, eine Spüle, ein Herd, ein Kühlschrank, ein paar Haushaltsgeräte und ein sehr großes Fenster, mit vielen Blumen dekoriert. Am Eingang der Küche war noch ein heller Holzschrank, da waren Nudeln und Dosen mit Tomaten aneinandergereiht.

Aurora füllte unsere Teller auf. Es gab Teigtaschen, eingelegte Paprika, Joghurt. Aber zunächst Hühnersuppe, gut gewürzt und sehr lecker. Die Suppe wärmte meinen Mund und meine Kehle. Aber ich konnte sie irgendwie nicht wirklich genießen, weil Aurora nicht mitaß. Alle schlemmten und sie sah zu: „Aurora, hast du keinen Hunger?"

„Doch, ich esse später", antwortete sie mir kurz.

„Aber warum isst du nicht jetzt, wenn wir näher zusammenrücken, dann gibt es hier auch Platz für dich", ließ ich nicht locker.

Als Aurora was sagen wollte, musste sie die Luft anhalten, Tante Linda mische sich ein: „Wenn wir Gäste haben, dann hilft sie mir beim Kochen. Zum Glück hat mir der liebe Gott eine Tochter geschenkt. Wer Töchter hat, hat immer eine helfende Hand."

„Jungs können doch auch im Haushalt helfen, sie haben doch auch zwei Hände?!"

Auf einmal lachten alle. Gjin musste sogar vor Lachen seine Suppe auf dem Teller ausspucken.

„Jungs haben in der Küche nichts zu suchen, Era. Der Haushalt ist reine Frauensache. Zumindest ist das bei uns so. Bei den Deutschen ist das anders, aber wir leben nach unseren Regeln. Hat dir denn deine Mutter nicht beigebracht, welche Aufgaben ein albanisches Mädchen hat?" Sie lachte unecht und schaute, als würde sie das völlig ernst meinen. Ich schaute meine Mutter an und schüttelte den Kopf.

„Mädchen haben drei Aufgaben: hübsch aussehen, anständig sein, gut kochen können", erklärte sie.

„Und welche Aufgaben haben die Jungs?“, wollte ich ganz trocken wissen.

„Sachen reparieren, eine gute Lehre machen, damit sie später ihre Familien ernähren können, und ihre Mütter respektieren“, antwortete sie mir stolz.

„Ich finde, Jungs sollten auch hübsch sein“, kam aus meinem Mund raus, während ich an der Teigtasche kaute.

Tante Linda zog die Augenbrauen hoch und schaute meine Eltern verwundert an. Dann stand sie ohne etwas zu sagen auf und holte Orangensaft aus dem Kühlschrank.

Meine Eltern genossen diese Unterhaltung sehr, beide schauten mich grinsend an. Meine Mutter zwinkerte mir sogar zu.

Nach dem Essen tranken wir süßen schwarzen Tee mit frisch gepresster Zitrone, aßen Erdnüsse, Salzstangen und Schafskäse dazu. Diese Kombination aus süßem Tee und salzigem Knabbersnacks schmeckte so gut, dass ich nicht aufhören konnte zu essen.

Meine Eltern, Onkel Jonuz, Tante Linda unterhielten sich über die gefährliche Situation im Kosovo. Ich hörte nur mit einem Ohr zu: „So viele Menschen verlassen das Land, das ist so traurig, jeden Tag gehen da Leute weg. Das Leben ist schwer geworden, Leute, wie wir, die sich gegen Unrecht einsetzen, werden mundtot gemacht oder getötet; die einzige Perspektive, die uns blieb, war die Flucht nach Deutschland. Wir müssen auch an Era denken. Wie soll sie da groß werden? Welche Perspektive hat sie? Bald bricht sicherlich Krieg aus“, erklärte meine Mutter ernst.

„Das war gut, hierher zu kommen. Hier wird es euch gut gehen, nur hättet ihr auch Emine mitnehmen sollen“, beschwerte sich Tante Linda.

Tante Linda konnte sich das nicht vorstellen, dass Oma Emine alleine in Prishtina geblieben war.

„Dass Emine so alleine ist, bricht mir das Herz“, sagte sie.

Meine Mama hatte in der Zwischenzeit Oma Emine angerufen, um zu berichten, dass wir gut in Berlin angekommen waren: „Sie wollte es so. Sie wollte um keinen Preis den Kosovo verlassen, das muss ich akzeptieren."

„Alte Frauen wird die serbische Polizei hoffentlich nicht belästigen", fügte Tante Linda hinzu.

„Das ist meine Hoffnung", meinte meine Mama.

Dann waren beide in Gedanken versunken.

Bardh und Gjin waren nach dem Abendessen ausgegangen. Sie aßen, verschwanden ins Bad, stylten sich und verließen die Wohnung mit einem „Tschüss."

„Kaba, Autobahn, Tschüss" – vielleicht könnte man diese komische Sprache doch lernen, dachte ich.

Aurora füllte unsere Tassen immer wieder mit Tee, ansonsten saß sie neben mir und blätterte lustlos in einer knallbunten Zeitschrift.

Als es kurz vor Mitternacht war, lief Tante Linda hin und her, mal räumte sie Gläser weg, mal verschwand sie, um für uns die Betten zu richten.

Wir schliefen im Wohnzimmer auf der großen Ausziehcouch mit Alibaba; vorher lüftete meine Mama noch den Raum, da Onkel Jonuz viel geraucht hatte. Meine Eltern schliefen auf der linken Seite, ich auf der rechten. Alibaba war fest eingeschlafen.

Ich konnte nicht einpennen, war viel zu aufgedreht: „Tante Linda lebt in Deutschland und hebt ihre Söhne in den Himmel, genau wie Tante Hannah im Kosovo; Gjin und Bardh haben sogar den besseren Platz beim Abendessen. Warum mögen sie Jungs mehr als Mädchen?"

„Ach Era, ich glaub nicht, dass sie die Jungs mehr mögen als Mädchen. Sie denken eher, Jungs muss man schonen, da für Leute wie Tante Linda Jungs die Stammhalter der Familie sind. So sind die Jungs verantwortlich dafür den Namen der Familie zu erhalten und weiterzuvererben", erklärte mir meine Mutter im Halbschlaf.

„Und deswegen meint Tante Linda können Gjin und Bardh nicht in der Küche aushelfen, weil sie die Stammhalter sind?", sagte ich laut.

Mein Vater musste lachen.

„Ja, das ist ihre Interpretation der Sache. Sie meint, sie tut ihren Söhnen was Gutes damit, indem sie ihnen beibringt, der Haushalt sei nix für Jungs", sagt meine Mama.

„Ich finde Tante Linda doof", sage ich.

„Nanana, die Teigtaschen haben dir aber ziemlich gut geschmeckt", sagte mein Vater.

„Era schau mal, Tante Linda ist eine ältere Frau. Für sie ist ihr Handeln richtig. Sie hat es nicht besser gelernt. Das muss man akzeptieren", versuchte mich mein Vater zu überzeugen. „Außerdem", fuhr er fort, „sind viele Frauen auf der Welt so wie Tante Linda oder Tante Hannah. In Griechenland, in der Türkei oder in Makedonien, überall findet man Frauen, die ihre Söhne aufs Podest heben", erklärte mir mein Vater.

„Und ich finde auch all diese Frauen doof", sagte ich genervt.

„Wie werdet ihr das machen so ganz ohne Stammhalter?"

„Na liegt doch auf der Hand. Du bist unser Stammhalter, Era", sagte mein Papa.

Ich kicherte. Das gefiel mir gut.

„So jetzt wird aber geschlafen Era, wir haben morgen einen langen Tag vor uns, wir müssen ausgeruht sein. Denk nicht weiter nach. Du bist toll, so wie du bist!", sagte meine Mama.

Wir wünschten uns eine gute Nacht und weg war ich im Traumland.

Gleich am Morgen nach dem leckeren Frühstück, es gab Krapfen gefüllt mit Himbeermarmelade, fuhren wir drei mit Onkel Jonuz zur Erstaufnahme der Stadt Berlin. Dorthin gingen alle, die neu in Berlin waren und keine Papiere hatten.

Ich bekam alles – Schal, Mütze, Handschuhe, eine dicke Hose von Aurora.

„Du musst dich warm einpacken, sonst erfrierst du", sagte Tante Linda, die meine Backe kniff.

Auch Mama bekam einen dicken Schal von Tante Linda.

Die Erstaufnahme war eine halbe Stunde entfernt.

„Wir können auch mit der U-Bahn fahren, aber mit dem Auto ist es sicherer; die Polizei ist in Kreuzberg sehr aktiv. Es kann sein, dass sie nach euern Papieren fragen, ihr müsst euch nicht unnötig in Gefahr begeben", sagte Onkel Jonuz ernst. Dann zog er an seiner Zigarette.

Wir stiegen ein. Mama und ich nahmen hinten Platz. Papa und Onkel Jonuz stiegen vorne ein. Als ich im Auto saß, dachte ich, toll, schon wieder Polizisten, vor denen wir Angst haben müssen.

„Wird man denn diese Leute nie los?", dachte ich laut nach.

„Welche Leute meinst du, Era?", fragte meine Mutter.

„Na, die Polizisten, immer haben wir Angst vor denen", sagte ich fast schon traurig.

„Ah, Era, die deutschen Polizisten sind nicht so wie die serbischen Polizisten in Prishtina. Hier in Berlin sorgen sie für Ordnung und Sicherheit; sie sind sowas wie ein Freund, der helfen will", erklärte meine Mutter mir.

„Außerdem haben wir keine Papiere. Wenn sie uns erwischen, würden wir zu Recht Ärger bekommen; gut, dass wir Auto fahren; aber mach dir nicht so viele Gedanken Era, ich habe dir doch gesagt, in Berlin sind wir in Sicherheit", sagte sie noch einmal und gab mir einen Luftkuss.

Ich lehnte meinen Kopf gegen die Seitenscheibe, das Glas kühlte meine glühende Stirn, mein Kopf rauchte. Ich hoffte, meine Mutter hatte recht und die deutschen Polizisten waren so wie sie sagte.

Bei der Fahrt durch Kreuzberg sah ich Menschen langsam spazieren gehen; sie sahen so aus, als hätten sie alle Zeit der Welt und würden ziellos irgendwohin laufen; ich sah leerstehende, verlassene alte Häuser, beschmierte Wände, ich sah Jugendliche mit pinken und grünen Haaren, die ganz laut Musik hörten und dazu ungezwungen tanzten; ich sah sogar ein kleines Kaffeehaus, davor standen ein paar Männer mit langen Haaren und Bierflaschen in der Hand. Sie unterhielten sich lebhaft, obwohl es draußen gefühlt minus dreißig Grad waren. Dann gab es alle paar Meter gelbe Kästen mit schwarzen Fenstern. Wie großgewachsene Pilze im Garten.

„Das sind Telefonzellen. Deutsche Telekom! Da kann man reingehen und mit Gott und der Welt telefonieren“, erklärte Onkel Jonuz. Gut zu wissen, dachte ich, wenn ich Gezim oder Oma anrufen möchte, dann gehe ich in so einen gelben Kasten.

Ich kam mir so vor als wäre ich im Traum oder in einer Filmkulisse. Ist das die Wirklichkeit? Ist das mein neues Leben?

Meine Gedanken gingen spazieren. Plötzlich sah ich ein Riesen-Plakat mit einem Mann. Der Mann schaute mich direkt an, so als wollte er mir „Hallo“ sagen; er lächelte freundlich, trug eine dicke Brille, war frisch rasiert, trug eine Halbglatze, ein weißes Hemd, ein graues Sakko, dazu eine dunkelblaue Krawatte. Unter der Krawatte standen drei große Buchstaben: CDU. Der Hintergrund des Bildes war in Schwarz, Rot, Gelb aufgemalt.

Wir kamen in die Flüchtlingszentrale an. Als wir ausstiegen, wollte ich es aber doch wissen: „Wer war der Mann auf dem Plakat?“

„Das ist Helmut Kohl unser Bundeskanzler, ein guter Mann, er hat zwei prächtige Söhne“, sagte Onkel Jonuz stolz.

„Und was genau macht ein Bundeskanzler?“, fragte ich.

„Er ist sozusagen der Chef von Deutschland. Er versucht, das Leben der Menschen in Deutschland schön zu machen“, erklärte mir mein Vater.

Das hörte sich gut an. Kein Wunder, dass die Menschen hier pinke Haare trugen und schon so früh am Morgen tanzen.

Sowas machen nur Menschen die glücklich sind, dachte ich mir.

Onkel Jonuz brachte uns zum Eingang, dann verabschiedete er sich und wünschte uns viel Glück. Ich winkte ihm noch lange hinterher. Dabei bemerkte ich eine große blaue Tafel mit einem weißen U. Dutzende Menschen fuhren über eine Rolltreppe unter der Erde. Verrückte Stadt. Mama holte mich aus meinen Gedanken: „Era, los, was trödelst du denn schon wieder.“

Da mein Papa im Kosovo Veranstaltungen gegen Milosevic organisierte und serbische Polizisten unser Leben schwermachten, hatte Deutschland ihm erlaubt, für immer in Berlin zu bleiben. Er hatte die deutschen Papiere sofort bekommen. Wahrscheinlich steckte dahinter auch dieser Bundeskanzler. Das war sehr gut für uns, denn so konnten Mama und ich beruhigt die nächsten Schritte gehen.

Dieses Erstaufnahmelager war ein bisschen wie ein Krankenhaus in Prishtina: Das Tor war aus schwarzem Stahl, davor standen Männer mit Glatzen, ganz in schwarz; die Männer beobachteten, wer ein und ausging. Viele Menschen kamen und gingen; große und kleine; dicke und dünne; Männer, Frauen, Kinder; einige waren weiß, einige waren schwarz; einige waren angezogen wie wir; andere trugen Kopfbedeckungen – ich glaube, alle wollten wie wir auch diese deutschen Papiere bekommen. Die Mitarbeiter dieses Lagers empfingen uns mit offenen Armen und lächelten lieb. Ich schaute mich um und dachte, ich war nah dran ein riesengroßes Abenteuer zu erleben. Dieser Gedanke gefiel mir so sehr, dass ich meine Eltern vor Freude abknutschte. Ich fühlte mich wie in Madonnas „Holiday."

Das war das beste Lied, um meine Gefühle in diesem Moment zu beschreiben.

Ich hatte natürlich meine Madonna-Kassette, die Onkel Agim für mich gemacht hatte, mit nach Berlin genommen. Madonna kam überall mit. So war Onkel Agim auch irgendwie immer bei mir.

In dieser Zentrale waren wir einen Nachmittag lang. Ich hatte ein bisschen Angst, ich wusste nicht, was passieren würde, ob ich bei der Mama bleiben, oder irgendwelche Dinge alleine machen müsste. Madonnas „Holiday" nahm mir die Angst. Das war so, wie wenn ihr Lied mir eine Glücksspritze verpassen würde.

Wir mussten Papiere ausfüllen und Gespräche führen. Die freundlichen Mitarbeiter wollten wissen, wie wir nach Deutschland gekommen sind. Warum wir hier sind. Wie viele Personen wir sind. Ob wir noch weitere Familienmitglieder haben, die nachreisen müssen. Sie wollten einfach alles wissen.

Danach wurden wir zum Arzt geschickt. Wir sollten untersucht werden. Diese deutschen Papiere konnte man also nicht so einfach bekommen.

„Warum muss ich zum Arzt, wenn ich nicht krank bin, Mama? Mir tut nichts weh."

„Das ist eine reine Vorsichtsmaßnahme, Era. Es kann ja sein, dass wir schlimme Krankheiten mitbringen und andere Menschen damit anstecken. Sie müssen uns untersuchen."

„Aber ich weiß doch gar nicht, was die mit uns machen", sagte ich.

„Sie werden nichts Schlimmes machen Era, sie werden nur ein paar Dinge abklopfen, uns fragen, ob wie die Krätze oder Läuse haben", sagte meine Mutter und wirbelte meine Haare durcheinander.

„Ich hoffe, du hast recht“, sagte ich ängstlich.

„Aber natürlich habe ich recht. Wir werden ab heute im Flüchtlingsheim leben, es ist besser, wenn wir gesund dorthin gehen“, erklärte sie es mir.

Ihre Antwort machte Sinn. Ich sagte dann auch nichts mehr.

Die Untersuchung war dann wirklich harmlos. Wir kamen in einen fast leeren Raum: ein Liegestuhl, ein Tisch, ein paar Akten und eine blonde Ärztin. Erst wurde ich abgecheckt, dann meine Mutter. Zunächst schaute sie mir auf dem Kopf, dann in den Mund, und dann hörte sie mich mit dem Stethoskop ab. Dasselbe machte sie bei meiner Mutter. Und dann durften wir auch gehen.

Nachdem das erledigt war, wurden wir in das Flüchtlingsheim in Kreuzberg gefahren, wo auch mein Papa lebte. Das Flüchtlingsheim befand sich in der Nachbarschaft von Onkel Jonuz.

Die Männer mit Glatze aus der Zentrale fuhren uns dorthin. Bis Mama und ich diese deutschen Papiere bekamen, hatten wir kein Recht auf eine eigene Wohnung.

Im Flüchtlingsheim bekamen wir im dritten Stock ganz am Ende des Flures ein kleines Zimmer mit drei Betten. Der Flur war dunkel, die Glühbirne war anscheinend kaputt, wir liefen an acht Türen vorbei. Am Ende des Flures war ein kleines Fenster, links befand sich unser Zimmer. Auf dem Flur fand man Putzzeug, Schuhe, Säcke mit Müll. Es roch nach Bohnensuppe, Kaffee, Zwiebeln. Ich musste mir die Nase zuhalten bis wir im Zimmer waren.

Uns begleitete eine Frau, die meinen Papa schon kannte; sie hießt Ludmilla, war groß, blond und dick. Mit dabei hatte sie eine Aktentasche und ein Paket. Sie zückte aus ihrer Aktentasche die Schlüssel fürs Zimmer und ein Blatt Papier: Da stand „Ausweis.“ Noch ein neues Wort. Ein wichtiges. Beides drückte sie meiner Mutter in die Hand. Sie solle gut darauf aufpassen, sagte sie. Zudem meinte sie, dass wir das Heim nicht länger als 24 Stunden verlassen dürfen. Ansonsten würden wir Ärger bekommen. Es könnte ein Grund sein, dass wir die Papiere nicht bekommen.

Ludmilla sah aus, als würde sie das jeden Tag machen. Sie war zwar freundlich, aber nicht besonders angetan von uns. Als wir im Zimmer ankamen, sah ich, dass das Zimmer zwar hell war, aber es war fast leer: Drei Metallbetten mit Matratzen waren drauf, drei dünne Metallkleiderschränke, ein Tisch mit drei Stühlen und ein kleiner Kühlschrank. Keine Blumen, keine Bilder, kein Sofa, nix. Nicht einmal eine kleine Küche oder ein Badezimmer waren in der Nähe. Dann legte Ludmilla das Paket auf den Tisch und packte aus: Putzzeug, Putztücher, zwei Zahnbürsten, Zahnpasta, je eine Tube Duschgel und Shampoo, Klopapier, Handtücher und Bettzeug. Sie zeigte uns noch den Rest: Küche, Bad, WC und Waschraum waren ein Stockwerk unter uns, die mussten wir mit den anderen teilen.

Nachdem sie das erledigt hatte, verabschiedete sie sich von uns. Ihr gemütlich dicker Hintern wackelte den Flur entlang.

Dann inspizierten wir alles haargenau; der Papa kannte sich ja gut aus. Er hatte seine Sachen dabei und hatte entschieden, mit uns zusammen zu bleiben, auch wenn er schon ein privates Zimmer beziehen durfte. Er meinte, das sei wichtig für uns als Familie.

Das Bad hatte vier Duschen, vier Toiletten, vier Waschbecken und vier Mülleimer. Diese mussten Männer und Frauen getrennt nutzen. Das Bad war ganz in Weiß, sah genauso leer wie unser Zimmer aus. Ein Wasserhahn tropfte ganz laut. Auf der Heizung trocknete jemand seine Hosen und seine Socken. In der Küche standen vier Herde nebeneinander und viele weiße Schränke, darin waren Töpfe, Geschirr, Besteck, Gläser und Tassen. Bei näherem Hinschauen merkte ich, dass die Herdplatten fast schwarz waren. Da hatten die Bewohner beim Kochen nicht aufgepasst. Das sah ekelhaft aus. Ich schaute meine Mutter an, ihr Gesichtsausdruck hieß nichts Gutes. Dann schaute sie meinen Vater an und sagte: „Hier sollen wir kochen? Das ist doch unhygienisch. Putzt hier nie einer?“

Mein Papa: „Was soll man machen, hier sind viele Menschen aus allen Ecken der Welt. Die haben nun mal andere Standards.“

„Muss ich den Leuten jetzt hier Putzen beibringen, oder was willst du mir damit sagen?“, sagte sie forsch.

Er zuckte mit den Schultern.

Dann kam jemand in die Küche. Eine wunderschöne Frau mit weißem Kopftuch kam rein um das Geschirr in der Spüle abzustellen. Sie sagte „Hallo“ und ging so schnell sie kam. Als sie rausging, blieb ich am Fenster hängen: Das Gebäude sah von außen so aus wie eine alte, heruntergekommene Fabrik; das Haus war grau gestrichen, die großen Metalltüren schwer in Braun, aus Stahl. Drum herum war nichts, nur ein Zaun wie aus einem Gefängnis oder einem Gangsterfilm. Ums Flüchtlingsheim herum standen viele leerstehende kaputte Häuser, die sahen so aus, als hätte sie jemand reparieren wollen, aber mittendrin aufgehört. Um die Fenster dieser Häuser hingen große Plakate mit Sprüchen. „Wir Bleiben Alle“ oder „Kapitalismus Ist Scheiße.“

Die Gegend wirkte verlassen, so als würde niemand dort wohnen wollen. Dann sah ich aus der Ferne einen bunten Berg. Es war ein Autoschrottplatz mit Autoreifen und Autoteilen. Vor dem Heim war eine Bushaltestelle und ein paar Fahrräder. Ein bisschen weiter weg sah ich eine Schaukel unter einem dicken Baum mit vielen großen Ästen, die die Schaukel fast umarmten. Meine Mutter erklärte mir, der Baum sei eine Kastanie.

„Die Kastanie macht unser neues Heim zumindest etwas freundlicher, wohnungstechnisch hat sich aber unser Leben doch sehr verschlechtert; hier gibt es nicht einmal einen großen Spiegel, ich kann gar nicht tanzen und meine Choreographie verbessern", beklagte ich mich.

„Era, das ist nur vorübergehend, wir werden schon eine größere Wohnung bekommen. Du wirst dein eigenes Zimmer und einen großen Spiegel bekommen, du musst nur Geduld haben", beruhigte mich meine Mutter.

Ich wollte das nicht glauben.

„Wann?", fragte ich.

„Bald, Era, bald", sagte sie.

Das Schlimmste in diesem Flüchtlingsheim war für mich, dass wir die Dusche mit anderen Menschen teilen mussten. Das fand ich eklig. Manchmal hinterließen die Leute die Dusche ungeputzt.

Gut, es gab Gemeinschaftsduschen für Frauen und Duschen für Männer, klar. Aber ich fand das ganz schön widerlich.

Ich war so weit, dass ich noch nicht einmal alleine pinkeln gehen wollte: Da waren Menschen jedes Alters. Männer, Frauen, Kinder: aus Afghanistan, Eritrea, Pakistan, dem Kosovo und Bosnien. Die Menschen waren mir fremd. Sie lächelten mich zwar an, aber trotzdem, ich traute ihnen nicht. Ich wusste nicht, wie sie drauf sind. Daher mussten mich meine Eltern begleiten. Wenn ich pinkeln musste, egal zu welcher Tages- oder Nachtzeit, oder Zähne putzen, oder einfach mal duschen wollte. Meine Eltern kamen abwechselnd mit. Meistens war es meine Mutter.

Und mit lautem Singen war da auch nichts. Es musste alles schnell gehen. Ich konnte mich jetzt nicht stundenlang im Bad aufhalten, weil ich singen wollte. Andere Leute wollten beim Duschen nicht gestört werden. Das machte mir wirklich schlechte Laune.

Ich hatte keine Freunde. Ich hatte keinen Spiegel, vor dem ich meine Tanzeinlagen üben konnte. Ich ging nicht zur Schule, weil wir noch auf Papiere warten mussten. Ich teilte mir ein Zimmer mit meinen Eltern. Ich vermisste Gezims Augen und sein Lächeln. Und mir fehlte Oma Emine. Ich drängte meine Eltern zu einer Krisensitzung: „Wann gehen wir zurück nach Prishtina?"

„Gar nicht, Era. Wir werden hierbleiben. Berlin ist jetzt unser Zuhause. Im Kosovo ist es gefährlich, dort bricht bald Krieg aus. Da können wir gar nicht zurück", antwortet mir meine Mutter und strich mir das Haar aus dem Gesicht.

„Mir gefällt es nicht hier. Hier ist nichts. Im Flur stinkt es nach Kotze. Keiner redet mit mir. Ich habe kein eigenes Zimmer. Wir haben nicht einmal eine eigene Toilette. Das ist bescheuert."

„Era, du hast gestern noch gesagt, dass es dir hier in Berlin gefällt! Gedulde dich, bald sind eure Papiere durch und dann bekommen wir eine eigene Wohnung. Du kommst auch bald in die Schule. Eins nach dem anderen", beruhigte mich mein Vater.

„Diese blöde Geduld nervt mich", schrie ich laut, ein paar Tränen flossen meine Wangen herunter.

Meine Eltern umarmten mich: „Era, wir haben dich sehr lieb. Du brauchst vor nichts auf der Welt Angst zu haben, du bist doch nicht alleine."

Ich wischte mir die Tränen weg.

„Aber für immer? Mit den dämlichen Zetteln sind wir dann keine Kosovo-Albaner mehr!"

„Era, wir sind und bleiben immer Kosovo-Albaner. Aber wenn wir die deutschen Papiere bekommen, sind wir auch ein bisschen deutsche Bürger. Niemand nimmt uns hier was weg. Wir behalten unsere Pässe und dürfen hoffentlich dauerhaft im Land bleiben. Darum geht es. Wir haben dann schrittweise dieselben Rechte, aber auch dieselben Pflichten wie die Menschen hier", erklärte mir meine Mutter.

„Und was heißt das genau?", wollte ich wissen.

„Das heißt, wir dürfen arbeiten, müssen Steuern zahlen, deutsche Gesetze respektieren, den Müll trennen, alles, was die Menschen hier machen ..."

„Heißt das, dass dieser Bundeskanzler auch auf uns aufpasst und unser Leben schöner macht?", unterbrach ich sie.

„Ja, das heißt es", sagte meine Mutter nickend. Danach fühlte ich mich etwas besser.

Im Flüchtlingsheim aßen wir drei Mahlzeiten am Tag. 50 Leute in einem Saal. Es waren alle möglichen Nationen dabei. Von den meisten hatte ich noch nie was gehört. Und Menschen mit brauner oder schwarzer Hautfarbe hatte ich auch noch nie in echt gesehen. Das kannte ich nur aus dem Fernsehen.

Jetzt saß ich Tisch am Tisch mit ihnen. Indern. Pakistanis. Afrikanern.

Ich muss sagen, das war das Einzige, was mir an diesem Flüchtlingsheim gefiel. Ich traf Menschen, die aussahen wie dunkle Schokolade. Ich beobachtete sie sehr genau. Sie waren wunderschön. Männer wie Frauen. Groß, schlank, freundlich. Ich taute jeden Tag ein wenig auf – und wann auch immer ich konnte, setzte ich mich neben sie.

Das war unsere gemeinsame Realität. Wir alle hatten ein Ziel: In Deutschland bleiben. Mit allen Ängsten, Bauchschmerzen und Zähneknirschen. Das musste mir nun niemand erklären: Ich sah es in den Gesichtern, dass es für niemanden hier ein Ferienlager war.

Beim Essen im großen Saal gab es morgens Weißbrot, Marmelade, Butter, Käse und ein Ei pro Person. Dann gab es auch sowas wie Orangensaft, das schmeckte wie eine Brausetablette. Zum Mittagessen bekamen wie eine braune Masse mit Reis oder Nudeln und Wackelpudding zum Nachtisch. Abends gab es Weißbrot mit Käse und Wurst.

Ich machte mir anfangs allerdings Sorgen, das Essen könnte verdorben sein: „Mama, meinst du, man kann von so einem Essen krank werden?"

„Era, was hast du für Gedanken, von so einem Essen wird man nicht krank, schau mal wie viele Menschen davon satt werden."

„Mir schmeckt das Essen nicht, ich hab' Angst, dass ich davon Bauchschmerzen bekomme", sagte ich.

„Dann iss nur, was dir schmeckt. Papa holt dir später was vom Supermarkt", ermutigte mich meine Mutter.

„Okay", sagte ich und stellte den Teller ganz beiseite.

Alle Menschen im Flüchtlingsheim warteten auf ihre Papiere, sonst machten sie nix. Einige von ihnen waren müde, traurig, gelangweilt. Standen den ganzen Tag nur herum. Saßen draußen oder versammelten sich um die Schaukel, stundenlang. Manche ließen sich volllaufen. Irgendwer fing einen Streit an. Eines Nachts bin ich durch laute Schreie aufgewacht. Auf dem Flur gab es eine Schlägerei. Flaschen flogen. Meine Eltern wachten auf. Mein Papa schaute nach.

„Drei Pakistanis sind auf einen Inder losgegangen. Der eine hat eine Delle im Gesicht, der andere eine blutige Nase. Dann kam die Security, die Jungs wurden abgeführt", erklärte Papa, der die Security gerufen hatte.

Nachdem Ruhe eingekehrt war, schloss Papa die Tür ab und wir versuchten, wieder einzuschlafen.

Aber ich war hellwach.

„Warum prügeln sich Menschen?"

„Manche haben nur so gelernt, Konflikte zu lösen", meinte Mama und deckte mich richtig zu.

„Andere machen es aus Wut, oder wenn sie viel getrunken haben", fügte Papa hinzu.

„Und warum sind die wütend?", wollte ich wissen.

„Weil sie vielleicht alles verloren haben, keine Familie mehr haben, niemanden", sagte mein Vater mit einer ungewöhnlichen Härte. Ich sah im Halbdunkel, wie er mit angespannten Gesichtsmuskeln aus dem Fenster schaute.

„Und deswegen trinken Menschen so viel Alkohol, dass sie unschuldige Menschen verprügeln?", fragte ich skeptisch.

„Ja, das könnte sein. Viele haben Schreckliches erlebt. Um das für eine Weile zu vergessen, trinken sie Alkohol; es betäubt, macht für ein paar Momente glücklich. Das ist auch das Gefährlichste daran, denn manche wollen diese Glücksgefühle oft haben, so werden sie süchtig von dem Zeug", erklärte Papa.

„Kann man von zu viel Alkohol sterben?", fragte ich.

„Ja, kann man. Deswegen sollte man Alkohol in Maßen trinken", sagte er.

Ich wollte noch einmal nachhaken: „Aber warum…?" – aber Papa unterbrach mich, was selten vorkam: „Era. Die machen das nicht einfach so. Einige leben seit zwei Jahren hier in dieser Hütte. Schreckliches haben die erlebt. Keine Ahnung haben wir davon. Glaub mir einfach."

Ich gab auf. Irgendwann waren wir alle drei eingeschlafen.

Am nächsten Morgen auf dem Weg zum Bad roch es im Flur nach Kotze. Ich konnte kaum durch den Flur gehen und hielt mir die Nase zu. Sah ein paar Glasscherben. Ich versuchte, sie zu sammeln und in den Mülleimer zu werfen. Meine Mama sagte nur, ich sollte gut aufpassen und mich nicht schneiden. Als wir im Bad waren und Zähne putzen wollten, kamen ein paar Frauen rein, sie hatten rote Eimer in der Hand, die sie mit heißem Wasser auffüllten.

Das Blödeste an diesem Heim war, dass ich hier nie für mich sein konnte. Immer war jemand da. Kein eigenes Zimmer, kein eigenes Klo. Entweder war ich von meinen eigenen Eltern umgeben oder von wildfremden Menschen. Selbst im Klo war ich nie alleine, weil ich mich beeilen musste. Andere wollten ja auch. Wenn ich für mich sein wollte, setzte ich meine Kopfhörer an und tauchte in der Madonna-Welt unter. Schon im Kosovo half sie mir, in eine eigene Phantasiewelt abzutauchen. Darin waren alle Menschen frei, friedlich, glücklich. Es gab keine Polizisten, keine Demonstrationen, keine Toten. Alle Menschen waren bunt angezogen und fröhlich. Sie tanzten überall. Auf der Straße, in der Küche, im Klassenzimmer oder bei der Arbeit.

Und wenn ich meine Gedanken abschalten wollte, dann setzte ich mich unter den Kastanienbaum und schaukelte. Manchmal über eine Stunde. Ich schaukelte so hoch, dass ich dachte, ich würde fliegen. Mein ganzer Körper entspannte sich dabei. Meine Gedanken flogen davon.

Und wenn ich wieder im Zimmer war, dann fing das Rattern an. Ich hoffte so sehr, dass wir bald unsere Papiere bekommen würden.

Eines Morgens nach dem Frühstück klopfte es an unserer Tür. Onkel Jonuz, Tante Linda und Aurora waren gekommen, um uns zu besuchen.

Ich freute mich, sie zu sehen, so sehr, dass ich alle drei so festdrückte, dass ich davon bestimmt Muskelkater bekommen würde.

Onkel Jonuz mochte mich sehr, denn jedes Mal, wenn er mich sah, grinste er. Dann lachte sein ganzes Gesicht. Man sah dann seine fehlenden Vorderzähne. Er sah aus wie eine Zeichentrickfigur. Bewegte sich schnell. Redete schnell. Hatte eine Glatze. Meist hatte er eine schwarze Jacke an, in Übergröße. Sie hatten uns viele Sachen mitgebracht: gefüllte Teigtaschen mit Käse, Schokolade, Haarshampoo, frische Blusen und Hosen von Aurora.

Aber vor allem erfüllten sie mir einen kleinen Traum: sie schenkten mir einen großen Spiegel.

Das machte mich so sprachlos, dass ich vor Freude fast weinte.

Dann zückte Aurora noch aus ihrer Tasche ein gefaltetes Poster: „Hier. Ich dachte, jedes Mädchen mag Madonna", sagte sie.

Ich strahlte sie an: „Ja klar! Jedes Mädchen liebt Madonna. Sie ist die Beste. Danke!", und wieder umarmte ich sie.

„Ihr drei seid meine Helden", sagte ich. „Ihr habt mir die schönsten Geschenke gemacht. Dankeschön", sagte ich stolz.

Alle – inklusive meiner Eltern strahlten mich an.

„Und zu viel versprochen, Era? Was habe ich gesagt. Du wolltest nicht nach Deutschland kommen, hmmmmm ...", flüsterte mir meine Mutter ans Ohr und zog die Augenbrauen hoch.

Ich schaute sie an, sagte aber nix, ich dachte: Stimmt, ich wollte nicht hierherkommen. Schön blöd.

Der kleine Raum im Flüchtlingsheim war voll mit tanzenden Glücksgefühlen.

Der Spiegel war größer als ich, so konnte ich mich darin gut sehen. Drumherum war ein Goldrahmen. Meine Eltern montierten den Spiegel auf der leeren Wand und verschönerten damit unser kleines Zimmer. Madonnas Poster kam über mein Bett. Darauf hatte sie goldblonde Haare, ihr Blick war nach vorne gerichtet, ihr Gesicht hielt sie mit ihren Händen fest, der Hintergrund, ihr Nagellack und der Lippenstift waren knallrot.

Ich würde ab jetzt Madonna jeden Tag über meinem Bett hängen haben.

Onkel Jonuz und Tante Linda wiederholten es mehrmals. Alles würde gut werden, wir würden bald eine eigene Wohnung bekommen. Wir müssten nur geduldig sein und gut auf uns aufpassen. Gott sei groß, sagten sie immer wieder, er leitet die Menschen auf den richtigen Weg.

Nach zwei Stunden gingen sie.

Ich wollte so schnell es geht alles nachholen, was ich die letzten Wochen verpasst hatte. So fing ich sofort an zu tanzen. Ein bis zwei Stunden am Tag tanzen und singen vor dem Spiegel war für mich der größte Spaß in diesem Flüchtlingsheim.

Zu Madonnas „Into the groove" konnte ich mittlerweile richtig gut singen und tanzen. Manchmal lag ich im Bett mit Stift und Block und dachte mir Choreographien aus. Dann versuchte ich meine Gedanken so aufs Papier zu bringen. Und wenn eine Choreographie stand, dann sprang ich aus dem Bett und übte die Tanzschritte, bis ich zufrieden war. Und so vergingen die Minuten, die Stunden und Tage. Und ich wurde immer leichter. Leichter. Und leichter.

Aurora machte mir mit dem Madonna-Poster so eine große Freude, dass ich sie für immer in mein Herz schloss. Das war immerhin das erste Poster, das ich im Leben bekam. Aurora schenkte mir noch viele andere Sachen: Röcke. Taschen. Schuhe. Schminke. Und ihre alten Bravo Girls, die sie selbst gelesen hatte, als sie noch jünger war. Sie hatte sie nie weggeschmissen, so als ob sie geahnt hatte, dass sie mich kennenlernen würde.

Aurora war sehr süß und 19 Jahre alt. Sie wurde in Deutschland geboren, sprach perfekt Deutsch. Mit ihr übte ich Vokabeln, denn ich wollte so schnell es ging gut sprechen.

„Brot, mit RRRR, das R nicht mit der Zunge, sondern mit der Kehle rollen", erklärte sie es mir geduldig.

„Kann ich nicht", sagte ich.

„Doch kannst du, komm versuche es, Broooooot", sang sie fast schon.

„Bchooooot", klang es bei mir.

„Era, Brooooot, nicht Bchooot."

„Broooot", endlich hatte ich es geschafft.

„Super, Era, siehst du, es klappt doch", motivierte sie mich.

Ich wiederholte das immer wieder: „Brot, Brot, Bchoot, Brot, Brot", so lernte ich jeden Tag ein paar deutsche Vokabeln. Am liebsten hätte ich Aurora ein bisschen Albanisch beigebracht. Sie konnte das nicht gut sprechen. Sie vertauschte oft die Wörter oder sprach sie mit deutschem Akzent aus. Aber ich wollte die Zeit mit ihr dafür nutzen, Deutsch zu lernen. Außerdem war Auroras Albanisch irgendwie auch witzig.

Tante Linda hatte Aurora gebeten, ein bisschen Zeit mit mir zu verbringen, damit ich nicht nur unter Erwachsenen bin; sie kam zweimal die Woche nach der Berufsschule zu mir ins Flüchtlingsheim.

Aurora war sehr hübsch, hatte langes, rotgefärbtes Haar. Eine schöne, weiße klare Haut und viele Sommersprossen im Gesicht. Sie hatte breite Hüften, aber sonst war sie schlank. Sie machte eine Ausbildung zur Kosmetikerin, trug fast immer schöne, bunte Kleider. Sie liebte es, einen tiefblickenden Ausschnitt zu haben und roch gut. Nach frischen Orangenscheiben mit Zimt. Wenn ich mit ihr auf der Straße unterwegs war, drehten sich immer Jungs nach ihr um. Ich glaube, ihr gefiel das, denn sie lächelte dabei verschmitzt. Manchmal, wenn sie sich mit einem Jungen traf, nahm sie mich mit. Ich war ihr Alibi. Das erste Mal, als ich mit ihr mitging, sagte sie meinen Eltern, sie wolle mir endlich mal Kreuzberg zeigen. Meine Eltern stimmten natürlich schnell zu, sie freuten sich, dass ich aus dem Heim rauskam. Da es mittlerweile fast Ende Dezember war und der Winter so richtig in Berlin eingebrochen war, packte ich mich warm ein: Ich zog eine dicke Wollstrumpfhose an, da ich unbedingt einen Rock anziehen wollte. Schal, Mütze, Handschuhe – ich zog alles an, was mir Wärme spendete.

Als wir in den Bus stiegen, sagte sie mir, wir würden „am Kotti" aussteigen.

„Kotti klingt wie ein Jungenname. Was ist das? Was machen wir da am Kotti?", wollte ich wissen.

„Wir treffen ein paar Freunde von mir, Hasan und Branko, mit ihnen hängen wir ein bisschen ab", sagte sie.

Als wir ausstiegen warteten die Jungs schon auf uns. Hasan, Branko, Hamza und Muhamet. Alle hatten langes schwarzes Haar, rauchten Zigaretten, trugen Schnauzbärte. Hamza klatschte erst Muhamet auf den Kopf und dann umarmten sie sich. Dasselbe machte er auch bei Branko; Branko war Kroate. Hamza war Araber, Hasan und Muhamet waren Türken. Branko rauchte noch den Rest seiner Zigarette. Dann packte er Aurora an die Hand und gab ihr einen Zungenkuss. Die anderen Jungs klatschten laut. Danach zogen wir los.

Der Kotti hatte Ähnlichkeiten mit unserem Flüchtlingsheim. Hier trafen sich Menschen aus der ganzen Welt. Große, kleine, dünne und dicke, hübsche, weniger hübsche, weiße und schwarze: sie redeten, stritten und freuten sich. Viele junge Männer waren in Gruppen unterwegs. Aurora sagte, dass man diese Gruppen wie Brankos „Gangs“ nannte.

„Manchmal kämpfen diese Gangs gegeneinander. Viele wollen cool sein und im Kotti herrschen“, erklärte sie mir.

„Und wer herrscht im Kotti?“, fragte ich.

„Der Kotti gehört jetzt den Arabern, aber manchmal auch den Türken.“

„Das klingt wie im Film“, sagte ich erstaunt.

„Haha, manchmal ist es auch wie ein Film“, sagte sie.

Während wir uns unterhielten liefen Frauen mit Kopftüchern an uns vorbei. Einige hatten Kinder dabei, die ihnen hinterherliefen, andere große Einkaufstaschen, ein paar Meter weiter saßen Jungs mit grünen Haaren, die Bier tranken und Passanten um Geld fragten. Hier und da fuhr ein Polizeiwagen entlang.

Am Kotti waren die Häuser richtige Betonklötze, für mich sah das so aus, als würden sie den Himmel berühren. Neben vielen Fenstern hingen Satellitenschüsseln.

Und auch hier gab es Häuser, die unbewohnt waren, wo große Sprüche gesprüht waren wie: „Kapitalismus Ist Scheiße.“

„Warum sind diese Häuser leer? Beim Flüchtlingsheim gibt es auch Häuser, wo dieser Spruch hängt."

„Das sind nicht leer, da wohnen Leute, Studenten, Punks oder Obdachlose; das sind besetzte Häuser", erklärte Aurora.

„Und wem gehören die?"

„Der Stadt meistens, aber auch einzelnen Personen. Es ist sehr schwer, die Leute da wieder rauszubekommen. Manchmal gibt es Kämpfe mit der Polizei", erklärte Aurora.

„Aber warum wohnen die Leute in fremden Häusern? Sind das auch Flüchtlinge?", fragte ich.

„Manche sind sicherlich Flüchtlinge, aber manchmal ist das so, dass die Leute kaum Geld haben, um die Miete zahlen, so entscheiden sie sich, in so einem Haus zu wohnen", erklärte mir Aurora.

Auf der Straße am Kotti herrschte das freie Leben. Die Menschen waren glücklich: sie spazierten auf der Straße herum, tranken Bier oder lasen Zeitung. Andere schliefen auf der Straße, hatten sich in Bettdecken eingehüllt, schienen sich von nichts stören zu lassen.

Ich hatte das Gefühl, hier kann jeder tun und lassen was er will.

Und ich lernte schnell, dass die unterirdische U-Bahn eine superschnelle Möglichkeit war, um durch die ganze Stadt zu kommen. Aurora erklärte mir, dass Berlin sehr groß war und dass man manchmal zwei Stunden von einem Ende zum anderen bräuchte.

Aurora und ihre Gang beschlossen, in ein Teehaus zu gehen – es war kalt, die Clique wollte sich aufwärmen. Wir gingen in einen Laden, es gab überall schwarz-weiße-Zeichnungen. Im Hintergrund lief türkische Musik. Der Kellner war ein großer dunkelhaariger Mann mit Schnauzbart, er sah aus wie ein schöner Filmstar. Ich glaube, ich habe ihn lange deswegen angestarrt. Muhamet bestellte schwarzen Tee für uns. Aurora und

Branko knutschten ab und zu rum, aber die meiste Zeit redeten sie.

Als Branko aufs Klo ging, drehte sich Aurora zu mir um: „Bitte verquatsch dich nicht und erzähl niemanden, dass wir heute die Jungs getroffen haben. Dass ich einen Freund habe, darf meine Familie nicht wissen."

Ich verstand nicht, warum ich so etwas verheimlichen musste: „Was ist daran so schlimm?"

„Meine Eltern sind mega streng - und haben nicht so gerne, wenn ich mich mit Jungs treffe. Branko ist auch kein Albaner. Er ist Kroate. Das geht gar nicht. Deshalb behalt das bitte für dich."

„Aber Branko ist doch auch nur ein Mensch, was soll an ihm komisch sein?", fragte ich.

„An ihm ist nix komisch, aber er ist kein Albaner. Wenn man strenge Eltern hat, sollte man besser aufpassen. Sie akzeptieren nur Albaner. Ich will keinen Ärger. Versprich mir einfach, dass du dich nicht verquatschst, okay?"

„Okay", versprach ich, auch wenn ich ihre Aktion nicht wirklich kapierte.

„Und was würde passieren, wenn du einen Freund hättest, dessen Haut wie Schokoladenpudding aussieht?", fragte ich.

„Oh, das würde so gar nicht gehen. Das wäre für meine Eltern der Tod", sagte sie nebenbei.

„Waaaaas? Aber warum? Das sind doch auch ganz normale Menschen."

„Erklär das meinen Eltern", sagte sie.

Ich hatte gar nicht lange Zeit, darüber nachzudenken, denn vor meinen Augen gingen zwei Männer aufeinander los. Der schöne Kellner, der wie ein Filmstar aussah, schlug auf Hamza ein. Solange, bis Hamza eine blutige Nase hatte.

Ich war wie erstarrt, von einer Sekunde auf die nächste packte mich Aurora und wir rannten aus dem Laden. Ich wusste gar nicht, was geschah. Auroras Hände zitterten, sie sagte, sie müsste mich sofort zum Flüchtlingsheim bringen. Während der Fahrt im Bus haben wir kein einziges Wort gesprochen. Sie gab mich bei meinen Eltern ab, danach verschwand sie mit Branko.

Ich blieb alleine und verstand so gar nix.

Unabhängig von Auroras Tipps und den Abenteuern mit ihr entdeckte ich in Deutschland jeden Tag neue Sachen. Die tollste aller Entdeckungen war: in Deutschland gab es keine Nazis.

Zumindest nicht so wie in den Geschichtsbüchern. Also bräuchte ich davor keine Angst mehr zu haben. So konnte ich Deutschland liebgewinnen. Auf der Straße in Berlin gab es keine Polizisten mit großen Gewehren, vor denen man Angst haben musste, laut Albanisch zu sprechen. Die Polizisten waren freundlich und fuhren auch wie Onkel Jonuz tolle Autos. Und sowieso konnte man in Berlin sprechen, weinen, singen, so viel und so laut man wollte. Egal, in welcher Sprache. Ich traute teilweise meinen Augen nicht: was für teure große Autos durch die Straßen fuhren. Jeeps, Golfs, Audis und Mercedes. Autos, die ich nur aus dem Fernsehen kannte. Und die Supermärkte erst, sie waren groß, manchmal sogar auch so breit wie die Straßen, auf denen teure Autos fuhren. Irgendwie war hier alles anders, als ich es mir in meinem Kopf ausgemalt hatte.

Es war verrückt zu sehen, wie viele Brotsorten ich in Berlin kaufen konnte. Beim Bäcker oder im Supermarkt standen hunderte Sorten. Von Schwarzbrot, Vollkornbrot, Laugenbrot bis Baguette. Ich wusste gar nicht, was ich zuerst probieren sollte.

Ich staunte, wie viele Schokoladentafeln ich mit wenig Geld kaufen konnte. Ich war im Himmel. In den Supermärkten konnte ich mich stundenlang aufhalten. Am liebsten in der Süßigkeiten- und Backabteilung. Heimlich suchte ich natürlich jedes Mal nach Oma Emines Schokobrötchen, aber ich fand sie nirgends.

Nicht einmal einen billigen Abklatsch davon. Sie waren nun mal einzigartig, genauso wie Oma Emine. Ich vermisste sie und ihr Essen jeden Tag.

Aber in Berlin entdeckte ich süße Krapfen mit Puderzucker für mich. Die tunkte ich sogar in Pflaumenmarmelade. Das war lecker und ein kleiner Trost.

In Deutschland waren alle supernett zu mir. Egal wo ich hinging: Alle grüßten mich lieb, die Verkäuferinnen, die Busfahrer oder die Müllmänner- alle sagten „Hallo" und „einen schönen Tag."

Ich lernte auch, dass die Deutschen fußballverrückt sind, in Berlin war Hertha BSC angesagt. So sah ich oft am Kotti Männer mit weiß-blauen Trikots und Bierflaschen in der Hand, die schreiend durch die Stadt liefen. Manchmal prügelten sie sich mit anderen und schrien Wörter aus wie „Scheiße" und „Arschloch" ganz laut. Diese Wörter klangen zwar so richtig gut und kraftvoll, waren aber alles andere als gut. Und dann gab es auch ein wirklich zauberhaft buntes Leben überall. Nicht nur die dreckigen Ecken und stinkigen Bahnhöfe, wie es sie in jeder Stadt gibt. Nein, auch versteckte Gärten, kuschlige Cafés und arabische Märkte, Feste, riesige türkische Hochzeiten und Kultur-Veranstaltungen ohne Ende. Es schien hier nie Ruhe einzukehren, immer wirbelte es irgendwo. Es war da draußen – und ich konnte es teilweise nur einatmen, wie ein Teegeruch, wenn man nicht trinken darf. Ein Auf und Ab im Kopf und im Bauch.

Aber dann entdeckte ich in Berlin tatsächlich auch etwas, womit ich niemals gerechnet hatte – wahrscheinlich, weil ich nie darüber nachgedacht hatte: Die deutschen Jungs waren sehr hübsch. Sie sahen anders aus als Hamza, Branko oder Muhamet. Sie waren groß. Mit breiten Schultern, blauen Augen und tiefen Stimmen. Sie waren sogar viel hübscher und netter als Branko & co. Sogar hübscher als Gezim und die anderen Jungs aus meiner Schulklasse in Prishtina.

Und Gezim war schon sehr hübsch.

Ich geriet ins Träumen und stellte mir vor, wie es sein würde, wenn ich mit genau solchen deutschen Jungs bald in die Schule ginge.

In meinem Kopf fühlte sich das sehr gut an. Ich konnte den ersten Schultag kaum abwarten. Deutschland war das Superland!

8. Ungewollt andersartig

Berlin 1996 -1997

Mein Papa hatte gesagt bekommen, dass Mama und ich bald deutsche Papiere bekommen würden, so dass sie mich in der Schule anmeldeten. Das sagten sie mir am Silvesterabend in der Wohnung von Onkel Jonuz – da wir das neue Jahr gemeinsam feierten. Wie immer war es bei Onkel Jonuz und Tante Linda gemütlich. Es gab zu essen und zu trinken, Alibaba machte seine Geräusche, nebenher lief albanische Musik. Kurz vor Mitternacht telefonierten wir noch mit Oma Emine, um ihr ein gutes Jahr zu wünschen. Die Verbindung war nicht gut, ich musste laut reden: „Ja, Oma, hier ist alles anders als in Prishtina. Hier ist alles groß. Die Supermärkte sind so groß wie meine Schule früher. Nur deine Schokobrötchen gibt es hier nicht. Aber die Menschen sind sehr nett hier, sie haben gar keine Sorgen. Manche von ihnen haben sich die Haare blau und pink gefärbt. Hier ist so ein Mann, er heißt Bundeskanzler, er passt auf alle Menschen auf." Ich redete ununterbrochen. Irgendwann fiel es mir ein, sie auch mal zu fragen: „Und wie geht's dir Oma?"

Sie sagte, es ginge ihr gut. Aber sie sagte, dass sie uns vermisste.

„Oma, wir vermissen Dich auch, wärst du mal lieber mit uns gekommen, dann würde der Bundeskanzler auch auf dich aufpassen. Dann wärst du nicht mehr so alleine", sagte ich ihr.

Die Oma sagte, sie sei nicht alleine, Allah sei bei ihr. Er beschütze sie. Dann redete die Oma weiter, Mama schnappte sich den Hörer und redete mit ihr.

„Oma will wissen, ob du in die Schule gehst." Dann erzählte sie der Oma, dass ich bald in die Schule gehen würde. Sie redete noch eine Weile. Oma ging es soweit ganz gut. Die serbischen Polizisten würden sie die meiste Zeit in Ruhe lassen.

Dann verabschiedeten wir uns.

Ich schrie laut: „Ich habe dich lieb, Oma Emine! Ich wünsche dir ein wunderschönes neues Jahr!"

Alibaba machte mein Geschrei nach. Bei ihm klang das dann, als wäre er besoffen: „Piiieeeeeeeb Onaaaaaaa Jaaaaaaaa."

Als es Mitternacht war und wir auf das neue Jahr mit Orangensaft anstoßen wollten, sagten meine Eltern: „Era, ab 11. Januar wirst du in die Schule gehen, wir haben alle Formulare ausgefüllt, du bist seit drei Wochen angemeldet. Aber wir wollten es dir jetzt sagen. Du sollst das neue Jahr in Berlin mit Neuigkeiten beginnen", verkündete mir meine Mutter.

Vor Freude sprang ich im Dreieck.

„Endlich, danke, danke, danke", schrie ich laut und knutschte beide ab.

„Wann genau soll es den losgehen mit der Schule?"

„Am 11. Januar ist dein erster Schultag", sagte mir der Papa.

„Juhuuuu", rief ich laut.

„Was für ein Tag ist das", fragte ich den Papa.

„Es ist ein Dienstag."

„Wie viele Tage sind es bis dahin?", wollte ich wissen.

„Genau elf natürlich, du Mathe-As!", lachte er.

„Ich kann's kaum abwarten", sagte ich überglücklich.

Dann gab mir mein Vater noch eine Videokassette: „Who's that Girl?", mit Madonna in der Hauptrolle. Heute Abend war alles perfekt. Das neue Jahr konnte kommen. Noch am selben Abend schaute ich mir den Film mit Aurora an, da wir im Flüchtlingsheim keinen Fernseher hatten. Dafür gingen wir zu ihr ins Zimmer und nahmen noch Chips, Schokolade und Cola mit.

Da es Silvester war sagten Tante Linda und Onkel Agim nix deswegen. Wir hinterließen ein ziemliches Feier-Chaos.

Der Film war wunderschön, aber auch traurig. Hier spielt Madonna eine Frau, die ins Gefängnis gehen muss, weil sie ihren Freund umgebracht haben soll. Aber sie findet einen Weg, das Gegenteil zu beweisen. Dabei verliebt sie sich in einen neuen Mann. Zum ersten Mal sah ich einen Film mit Madonna, der länger ging als vier Minuten. Ich war mucksmäuschenstill und so konzentriert. So dass ich mir alles merkte, was Madonna im Film sagte. Ich lebte mit der Geschichte mit.

Als der Film zu Ende war, sah ich auch noch den ganzen Abspann.

„Haben die alle am Film mitgearbeitet?“, wollte ich wissen.

„Oh ja, sagte Aurora.“

„Wow“, sagte ich.

Aurora wollte wissen, ob es etwas gibt, was ich mir für das neue Jahr wünschen würde. Ich antwortete ihr, aber meine Gedanken waren gleichzeitig noch bei Madonna: „Ja, gibt es“, sagte ich stolz. „Ich möchte besser Deutsch lernen, ein Madonna-Konzert besuchen und ich möchte unbedingt einen deutschen Jungen küssen.“

Sie musste laut lachen.

„Du weißt genau, was du willst, Era, super. Der erste und zweite Wunsch lassen sich bestimmt schnell erfüllen. Aber für den dritten Wunsch brauchst du einen Jungen. Hast du dir einen ausgesucht, den du gerne küssen möchtest?“, fragte sie neugierig.

„Nein, noch nicht. Ich weiß nur, dass ich einen deutschen Jungen küssen möchte. Aber, ich gehe ja bald in die Schule, da wird bestimmt einer sein“, sagte ich selbstbewusst.

Aurora lächelte mich weiter an: „Bestimmt“, sagte sie.

Meine Schule lag zwischen Kotti und Flüchtlingsheim, nur fünfzehn Minuten mit dem Bus. Die Strecke konnte ich gut alleine fahren. Das war meinen Eltern sehr wichtig.

Ich zählte die Tage, bis der Unterricht endlich anfing. Bis dahin schaukelte ich noch mehr unter dem Kastanienbaum, hörte wie verrückt meine Musik, und freute mich, dass endlich mein neues Leben losging.

Dann kam der große Tag. Ich konnte kaum schlafen vor Aufregung. Ich trank warme Milch mit Honig, hatte vor dem Zubettgehen meine Klamotten gerichtet, meine Haare gewaschen und mir die Szene tausendmal durch den Kopf gehen lassen. Das war wie die zweite Einschulung für mich.

Werden sie mich mögen? Werde ich sie mögen? Wie sieht die Schule aus? Sind die Lehrer genauso freundlich wie die Busfahrer? Fuhren sie auch mit dem Fahrrad zur Arbeit? Muss man hier auch Mathe lernen? Und die Jungs, wie werde ich wohl bei ihnen ankommen? Dass ich wenig Deutsch sprach, störte mich herzlich wenig.

„Ich werde mich schon mit ihnen irgendwie verständigen", dachte ich. Im Flüchtlingsheim habe ich mich ja auch irgendwie verständigen können.

Außerdem konnte ich ja dank Madonna etwas Englisch sprechen.

Und dann war es soweit: Ich stand früh auf, duschte mich, aß ein Schokobrot und trank meine Kaba. Für den ersten Schultag wollte ich die schwarze Hose und das blaue Oberteil anziehen, das mir Aurora geschenkt hatte. Dazu trug ich schwarze Ohrringe und fühlte mich ein bisschen wie in Madonnas „True Blue." Dazu trug ich noch den blauen Schal, den mir Oma Emine geschenkt hatte. Glück könnte ich an diesem Tag gut gebrauchen.

Aber ich packte mich warm ein, denn draußen war es so kalt, dass man das Gefühl hatte, man würde auf der Stelle erfrieren.

Meine Eltern begleiteten mich. Der Bus kam pünktlich, wir stiegen ein, ich grüßte freundlich den Busfahrer mit: „Hallo" und war sehr stolz darauf. Ich konnte es kaum abwarten anzukommen. Als ich vor der Schule stand, war ich erstaunt, wie groß sie war. Und nicht nur die Schule, die Gänge, das Treppenhaus, die Toiletten. Alles war riesig und sauber. Die Menschen im Flüchtlingsheim hätten sich hier wirklich mal was abgucken können, dachte ich. Im Sekretariat empfing uns eine nette Dame. Sie überprüfte meine persönlichen Daten, nickte dabei freundlich, ging ins Nebenzimmer und kam in Begleitung einer anderen netten Dame wieder zurück. Meine Englischlehrerin, Frau Schmidt. Meine zukünftige Englischlehrerin ähnelte eher einer Opernsängerin. Sie war bunt angezogen, stark geschminkt und trug eine große Kette, die sehr schwer aussah. Frau Schmidt hatte gepflegte Hände. Ihre Fingernägel waren lang und knallrot. Sie war sehr nett. Sie begrüßte uns und nahm uns mit. Wir gingen also den Flur entlang und ich war total beeindruckt: An den Wänden hingen nicht nur schöne bunte Bilder, sondern auch Taschen, Mützen, Schals, Beutel, Schuhe und Regenschirme.

„Haben sie nicht Angst, dass man ihnen ihre Sachen klaut?", fragte ich leise: „Era, warum sollten sie Angst haben? Hier haben die Kinder von allem genug. Keine Sorge, hier klaut keiner", sagte meine Mama.

Ich ging weiter und staunte. Der Schulhof war so groß wie eine Autobahn. Hier konnte man sich verlaufen. Die Lehrerin zeigte uns den Weg.

Wir waren vor der Tür meiner Klasse endlich angekommen. Mein Herz klopfte wie verrückt. An dieser Stelle übergaben mich meine Eltern an Frau Schmidt. Sie schauten mich an und sahen so ernst aus und irgendwie auch traurig. Sie sagten: „Viel Glück und viel Spaß, Era", und knutschten mich ab.

Ich war total aufgeregt auf das, was mich erwartete, so dass ich ihre Wörter kaum wahrnahm. Sie rauschten an mir vorbei. Aber ich ahnte, was sie mir damit sagen wollten: Dass ich von nun an auf mich allein gestellt war. In dem Moment umarmte ich beide und sagte: „Danke. Ich freue mich so", und hüpfte davon.

Meine Klasse war die 8 A der Realschule. In der ersten Stunde hatten wir Englisch. Als ich vor die Klasse trat, sah ich nur neugierige Gesichter.

Frau Schmidt stellte mich vor: „Guten Morgen, alle zusammen. Mal herhören: Das ist Era, eure neue Mitschülerin, sie kommt aus dem Kosovo. Seid nett zu ihr“, sagte sie und wies mir den Platz neben einer schlanken, großen Blondine zu.

Die Jungs in der Klasse machten sich einen Spaß daraus: „Kosovooooo, Kosowieeeee, Kosoowaaaaaas“, sagten sie laut und lachten.

„Kinder etwas leise, wir sind nicht schwerhörig“, sagte Frau Schmidt.

„Sind Sie sich sicher?“, sagte eine Stimme von ganz hinten.

Frau Schmidt ging nicht darauf ein.

Das Klassenzimmer war groß und hell. Große breite Fenster auf der linken Seite. Zudem waren die Wände bunt angemalt. Blumen in grün, rot oder gelb, überall auf allen vier Wänden. In der Nähe der Tür war ein großer Mülleimer und ein Spülbecken mit einem großen Spiegel.

Auf einer Bank saßen mindestens zwei Schüler, die genug Platz hatten sich zu bewegen, und nicht wie Sardinen aneinandergereiht, wie das in Prishtina war. Wenn die Jungs in meiner alten Schulklasse im Kosovo sich so benommen hätten, wären sie von den Lehrern geschlagen worden.

Ich saß neben der Blondine mit großen Ohrringen und einem wunderschönen Lächeln. Sie machte sofort Platz für mich, räumte ihre Hefte und Stifte weg, die sie ausgebreitet hatte. Beim genaueren Hinschauen sah ich: Sie trug ein weißes T-Shirt mit dem Spruch „I love Berlin.“ Und dann sah ich, dass sie ihre Hefte mit Michael Jackson Aufklebern aufgehübscht hatte. Ich grinste sie an und sagte: „Hallo ich bin Era“, sie grüßte zurück, überraschenderweise auf Albanisch: „Hallo, ich bin Bleta, deine blaue

Bluse sieht cool aus. In der großen Pause quatschen wir mehr, okay?“

„Okay“, sagte ich lächelnd.

Ich mochte Bleta. Sie sah cool aus. Sie war tatsächlich auch Albanerin.

In dieser Stunde war zwar Englisch angesagt, aber die Englischlehrerin nutzte die Gelegenheit, um meinen Mitschülern zu erzählen, aus welchem Land ich komme, und vor allem, wo dieses Land auf der Landkarte zu finden sei. Doch keiner hörte ihr so genau zu. Sie war auch wirklich untypisch für eine Lehrerin. Klein, mit verrückten Klamotten, viel Lippenstift. In Prishtina war der Schulhausmeister strenger als diese Lehrerin. Aber sie erkundigte sich nett nach mir. Ich mochte sie.

In der großen Hofpause ging ich mit Bleta raus. Alle hatten ihre Pausenbrote dabei. Ich hatte einen Apfel und eine Banane mitgenommen. Viele Mädchen versammelten sich um mich herum. Sie begutachten mich. Meine Hose, Schuhe, Bluse und meine Ohrringe. Die neugierigste von ihnen war Melek, sie hatte große blaue Augen, volle Lippen, einen langen Mantel. Sonst konnte ich nicht viel bei ihr erkennen, denn sie trug ein Kopftuch. Ich muss sagen, darüber war ich erschrocken. Kopftücher trugen nicht einmal Omis im Kosovo. Hier trugen das junge Mädchen. Ich wusste nicht, warum das so war.

„Bist du Muslimin?“, fragte sie mich direkt, während sie in ihr Mohrenkopfbrötchen biss.

„Äh, ja“, sagte ich.

„Und warum trägst du dann kein Kopftuch?“, fragte sie abfällig.

„Kopftücher sind nix für junge Menschen, nur für alte Frauen, aber deren Kopftücher sehen anders aus als deins“, sagte ich.

„Ah ja, wie sehen sie denn aus?“, fragte sie

„Naja, sie verstecken nicht das ganze Gesicht, nur ein wenig die Haare“, sagte ich.

„Du bist eine Ungläubige, wie Bleta", sagte sie schroff.

„Warum muss man ein Kopftuch tragen?", fragte ich.

„Weil das so im Koran drinsteht. Mädchen müssen sich verhüllen. Ansonsten kommen sie in die Hölle", sagte sie so, als würde sie das auch meinen. Dann aß sie weiter. Um ihr Kopftuch hatten sich viele Krümel versammelt. Bleta kam schnell dazu und ging dazwischen: „Ah Melek, hör auf, so einen Scheiß zu labern. Wir können nix dafür, dass dir in der Moschee die Leute eine Gehirnwäsche verpasst haben. Hau ab."

Melek sagte nur noch: „Ihr kommt in die Hölle", und dann ging sie weg.

Meleks Wörter trafen mich. Aber in dem Moment wusste ich gar nicht, was mich so erschreckte. Waren es ihre Worte? War es ihr Kopftuch? Oder war es die Tatsache, dass ich wirklich in die Hölle kommen würde, weil ich kein Kopftuch trug?

Wir mussten wieder ins Klassenzimmer. Bleta erklärte mir, dass es in Berlin viele muslimische Mädchen gab, die meinten Kopftücher tragen zu müssen um so Gott zu gefallen.

Als ich nach dem ersten Schultag heimging und wir im Flüchtlingsheim aßen, wollten meine Eltern wissen, wie mein erster Tag so war. Sie merkten aber auch, dass mich etwas beschäftigte. Ich erzählte ihnen von meiner Begegnung mit Melek.

„Sie ist genauso alt wie ich und trägt schon ein Kopftuch. Das ist doch bescheuert. Kopftücher sind was für alte Frauen. Warum muss man überhaupt ein Kopftuch tragen, um so Gott zu gefallen? Gott liebt doch alle Menschen gleich, egal was sie tragen?", sagte ich.

„Ja, das tut der liebe Gott bestimmt. Aber manche Menschen fühlen sich Gott näher, wenn sie verhüllt sind. Das muss man respektieren. Jeder darf in Deutschland tragen, was er will", sagte meine Mama.

„Und komme ich jetzt in die Hölle, weil ich kein Kopftuch trage?", fragte ich.

„Nein, bestimmt nicht, Gott lebt im Herzen und nicht im Kopftuch. Das kannst du dieser Melek gleich morgen früh ausrichten. Außerdem bist du Albanerin an erster Stelle. Denke immer daran, was Onkel Agim zu dir gesagt hat“, sagte Papa fest entschlossen. Er stand auf und murmelte: „Hölle, tsss. Und wenn der Imam sagt spring, dann springen sie ...“ Den Rest konnte ich nicht so gut verstehen.

So lernte ich jeden Tag, von Stunde zu Stunde meine Lehrer, Klassenkameraden und mein neues Leben kennen. Frau Schmidt war eine liebe Frau. Zu dieser Kategorie von Lehrern, die nett und freundlich waren, zählten auch Frau Müller, die Ethik unterrichtete, die Geschichtslehrerin Frau Julius, Sport gab Frau Michelsen, Bio und Chemie übernahm Frau Peterson. Deutsch unterrichtete Frau Burstein.

Zu meinem absoluten Entsetzen wurde auch in Deutschland Mathe unterrichtet. Das übernahm Herr Müller. Doch so schrecklich dieses Fach war, so nett war dieser Mann. Er war sehr aufmerksam. Ich tat ihm leid. Nicht nur ihm, sondern allen anderen Menschen, weil ich wirklich schlecht in Mathe war. Frau Burstein war die Einzige, die ich nicht mochte. Sie erinnerte mich stark an die Lehrer in Prishtina, die ich keineswegs vermisste.

Frau Burstein trug immer weiße Hemden und schwarze Hosen; ihre Haare hatte sie zu einem Pferdeschwanz zusammengebunden; die Lippen dunkelrot geschminkt; der Gang schaukelnd, wie der eines Kamels. Wenn sie nachdachte, hob sie ihre Hand ans Kinn. Dann ging sie weiter. Ihre Stimme war irgendwie kratzig.

Gleich nach der ersten Deutschstunde sagte sie mir, ich müsse zweimal die Woche nach der Schule Nachhilfeunterricht in Deutsch nehmen, um so besser und schneller die Sprache zu lernen. Der Nachhilfelehrer war ein Junge aus der Oberstufe, Daniel sollte er heißen. Sie hatte mich schon angemeldet, ohne mich zu fragen, ob ich da überhaupt hinwill. Die Art wie sie das sagte mochte ich nicht, so von oben herab. So behandelte sie alle anderen Schüler, inklusive Melek.

Dafür nahm sie ihren Lehrauftrag aber sehr ernst, sie sprang streng mit uns um. Sie wollte zu 100 %, dass wir alle gut Deutsch sprachen. Aber diese Art, uns Schüler zu bevormunden, machte sie irgendwie zu einem schlechten Menschen: Sie hatte eine merkwürdige Art, uns anzuschauen und mit uns zu sprechen. Einmal ertappte ich sie dabei, wie vorwurfsvoll sie Melek beobachtete, sie hatte mal wieder ihre Hand am Kinn, ihren scharfen Blick auf Melek gerichtet, während Melek ihr Kopftuch zurechtrückte.

Dann sagte sie: „Melek, setz dich richtig hin und befreie dein Gesicht. Du verhältst dich uns gegenüber respektlos, wie sollen wir mit dir reden, wenn wir dein Gesicht nicht richtig sehen?“

Melek hatte in der Tat ihre Mundpartie mit dem Kopftuch versteckt, aber nur, weil sie grade dabei war, ihr Kopftuch richtig anzuziehen.

Melek schoss gleich zurück: „Sie sind respektlos, Frau Burstein. Sie mögen keine Kopftücher und auch keine Ausländer. Auch die ohne Kopftücher nicht.“

Für diesen Spruch musste Melek nachsitzen und eine Woche lang den Müll der anderen Mitschüler sammeln.

Ein anderes Mal gab Frau Burstein Ibrahim den Ratschlag, spät abends nicht so viel Knoblauch zu essen, denn dann würde man am nächsten Tag stark danach riechen. Das wiederum würde die anderen Mitschüler belästigen. Das „möge man vielleicht in anderen Ländern so machen“, aber nicht in Deutschland. Und zu meiner Freundin Bleta sagte sie, sie solle nicht so laut Kaugummi kauen, denn „unter zivilisierten Menschen“ sei das nicht üblich.

„Man könnte meinen, die Art so Kaugummi zu kauen, gehört zur albanischen Folklore, Bleta“, sagte sie.

Bleta war nicht auf dem Mund gefallen: „Passen Sie auf Frau Burstein, gleich tanze ich zu albanischer Folklore."

Ich glaube, Frau Burstein mochte uns nicht. Sie fühlte sich uns überlegen. Hielt uns für schwach. Schlecht. Zweitrangig, Menschen zweiter Klasse.

Wenn sie in der Pause an uns vorbeilief, hatte man das Gefühl, sie wollte uns nicht einmal flüchtig berühren, so als hätten wir eine tödliche Krankheit. Man merkte, wie sie zurückschrak, wenn sie aus Versehen eine von uns berührte oder wenn wir ihr im Unterricht zu nahekamen.

Über sie wollten wir natürlich mehr wissen – und fanden einiges heraus. Zum Beispiel unternahm sie gerne Reisen in ferne Länder. Iran. Indonesien. Sri Lanka. Indien. Manchmal brachte sie uns Bilder und Süßigkeiten von ihren Reisen mit. Auch da hatte ich das Gefühl, sie wollte uns damit etwas sagen. Nämlich, dass wenige von uns die Möglichkeit im Leben haben würden, diese fernen Länder zu sehen. Eines Tages erfuhren wir dann auch noch, dass Frau Burstein zwar viele Katzen, aber keine Kinder hatte. Melek überbrachte uns diese Botschaft in der Pause. Auf einmal machte es bei mir klick: „Vielleicht ist sie ja darüber frustriert, dass sie keine Kinder hat, ist aber den ganzen Tag von solchen umgeben, genau wie meine Tante Aferdita in Prishtina. Anstatt zu rauchen, kümmert sie sich um Katzen und bereist ferne Länder. Das könnte doch sein, oder?", fragte ich Bleta.

„Oh, Era, diese Frau hat einen Knall. Sie mag einfach keine Ausländer. Ich weiß gar nicht, warum sie ausgerechnet an dieser Schule arbeitet. Hier sind ihr zu viele Ausländer. Hast du gesehen, sie läuft wie ein Kamel?", grinste mich Bleta an.

„Ja, habe ich gesehen."

Dann fing Bleta an, wie ein Kamel zu gehen. Sie beugte sich und bewegte ihren Hintern mal links mal rechts. Dabei zog sie die Beine ganz langsam hinterher.

„Komm, mach mit Era, mach das Kamel", feuerte sie mich an.

Ich machte mit. Das machte Spaß.

Frau Burstein war einfach eine komische Frau. Mit diesem Gefühl war ich nicht alleine. Auch die anderen, selbst die deutschen Mitschüler, fanden, dass sie komisch war. Den Unterricht gestaltete sie aber ziemlich gut. Da konnte ich viel bei ihr lernen.

Und wenn sie wieder gemeine Sachen im Unterricht sagte, dann machten Bleta und ich einfach insgeheim das Kamel. Das war etwas, was wir zwei so richtig feierten.

Der Nachhilfeunterricht in Deutsch war besser als gedacht, da packte mich der Ehrgeiz, schnell richtig gut Deutsch sprechen zu lernen: Bei der ersten Stunde fand ich den Raum nicht sofort. Die Schule war mir eindeutig zu groß. Der Unterricht fand am späten Nachmittag statt, da war kaum einer da, den ich nach dem Raum hätte fragen können. Aber dann sah ich an der Eingangstür einen großen Typen mit breiten Schultern, der dabei war, seinen Motorradhelm auszuziehen. Ich ging sofort hin und fragte ihn nach dem Raum.

Er sagte nur: „Moment", zog den Helm aus, stöhnte ein bisschen und sagte dann völlig sicher: „Zweiter Stock, Raumnummer 46", danach legte er den Helm beiseite, zog seine Lederjacke aus und wischte sich mit einem Taschentuch den Schweiß von der Stirn weg. Er lächelte mich an und zog seine Augenbrauen hoch, so als wollte er mir sagen, puh, war die Fahrt bis hierher anstrengend. Ich sagte nur verlegen „Danke."

Ich schaute ihn ein paar Sekunden an und musste irgendwie grinsen.

Ich sah nur seine grünen Augen, sein freundliches Lächeln, seine goldblonden Haare. Sofort hatte ich so ein warmes Gefühl im Bauch. Dann ging ich schnell hoch. Ich wollte nicht zu spät kommen.

Als ich in der Klasse ankam, warteten sieben andere Schüler auf den Lehrer. Ich war die achte. Sechs Mädchen und zwei Jungen. Die meisten aus Afghanistan und Bosnien, ich war die Einzige aus dem Kosovo.

Ich setze mich in eine leerstehende Bank. Dann kam er. Er legte seine Tasche auf dem Lehrerpult ab. Da erst merkte ich: Es war der grünäugige Typ mit dem Motorradhelm. Er stellte sich vor: „Hi zusammen. Ich bin Daniel, ich bin 17 und gehe in die zwölfte Klasse aufs Gymnasium hier in Kreuzberg. Mit euch werde ich ein bisschen Deutsch üben, das mache ich sehr gerne. Tut mir leid, dass ich etwas verschwitzt bin, aber ich bin schnell Moped gefahren, sonst wäre ich zu spät gekommen", sagte er dann klatschte er in die Hände.

Daniel hatte eine weichklingende Stimme. Er klatschte oft in die Hände, wenn er seine Sätze beendete. Er war ein bisschen aufgeregt. Er lief schnell hin und her. Er war gut angezogen, trug eine schwarze Hose, ein schwarzes Hemd, an den Ärmeln hochgekrempelt, dazu blaue Turnschuhe. Am rechten Arm trug er ein dünnes, rotes Bändchen.

Dann mussten wir uns vorstellen. Als ich an der Reihe war, mich zu präsentieren, stellte ich fest, dass ich ihn gar nicht wirklich anschauen konnte. Ich sprach leise und sagte, dass mein Name Era Wind bedeutete, dass ich aus Prishtina komme und froh bin in Berlin zu sein, da ich unbedingt ein Madonna-Konzert besuchen möchte. Ich erkannte mich selbst nicht wieder. Bei Daniel fühlte ich mich zum ersten Mal ganz anders als bei den anderen Jungs. Er machte mich hibbelig. Ich glaube, mein Gesicht war knallrot. Daniel lächelte, als ich Madonna erwähnte.

In der ersten Stunde lernten wir die Personalpronomen, wir lernten aber auch in Zweier-Teams, uns gegenseitig vorzustellen. Nachdem die Stunde zu Ende war, rannte ich blitzartig hinaus.

Ich sagte nur: „Tschüss Daniel", und weg war ich.

Erst im Treppenhaus merkte ich, dass ich die Hälfte vergessen hatte. Meinen Schal, meine Mütze, mein Mäppchen. Ich musste zurückgehen. Daniel war dabei, seine Sachen in aller Ruhe zu packen. Und wieder hatte ich ein Kribbeln im Bauch.

„Sorry, ich habe meine Sachen hier vergessen", sagte ich.

„Zu viel Madonna im Kopf?", sagte er grinsend.

Ich grinste auch, schnappte meine Sachen und verschwand.

Ich glaube, Daniel schaute mir hinterher.

9. Mittendrin und doch allein

Berlin, 1997

Meine Mitschüler nahmen mich freundlich auf. Sie machten sich aber auch über mich lustig. Nicht, weil ich kein Deutsch sprach oder komisch roch. Sie fanden eher mein Verhalten witzig. Wurde ich nämlich gebeten, eine Antwort im Unterricht zu geben, stand ich erst auf, bevor ich antwortete. Sobald der Lehrer oder die Lehrerin ins Klassenzimmer reinkam, setze ich mich ordentlich hin und faltete meine Hände. Als der Lehrer an seinem Schreibtisch ankam und uns begrüßte, erhob ich mich und grüßte mit „Guten Morgen" zurück. Meine Mitschüler lachten deswegen und das irritierte mich.

Meine Klamotten fanden sie auch witzig. Ich hatte oft bunte Blusen und bunte Ohrringe an. Vieles in Grün, Pink, Gelb, Rot. Alles was ich hatte war von Aurora und Tante Linda. Diese Teile versuchte ich so gut es ging zu kombinieren. Außerdem wollte ich mich wohl fühlen. Bunte Farben machten mich immer leicht und wohlig.

„Era, wenn man dich anschaut, bekommt man Augenschmerzen", sagte Ibrahim und lachte laut „Era du siehst aus wie ein Farbeimer", machte sich Melek über mich lustig.

Meinen Musikgeschmack teilten sie auch nicht. Sie hörten eher die Fanta 4, die Toten Hosen oder Nena. Nena, so lernte ich, war ein großer Star in Deutschland. Selbst Melek sang „99 Luftballons auf ihrem Weg zum Horizont ..."

Immer wenn es klingelte und die Stunde zu Ende ging, sang sie dieses Lied.

Wenn Melek allerdings alleine war, dann hörte sie auf ihrem Walkman was ganz Anderes. Da war sie dann ganz leise und komplett in ihrer Welt. Meistens in der großen Hofpause. Einmal tippte ich auf ihre Schulter. Sie erschrak und drehte sich sofort um: „Was willst du?"

„Was hörst du da?"

„Kennst du nicht."

„Ja, dann zeig doch mal, lass hören."

„Keeeenst du niiiiiicht", sagte sie laut.

„Aber vielleicht doch", ich gab nicht auf.

Dann gab sie klein bei. Sie gab mir einen ihrer Kopfhörer. Dass was ich hörte, klang so wie die Musik von Eli Fara, die immer meine Mutter hört.

„Wer ist das?"

„Sezen Aksu", sagte Melek.

„Syzan wer????"

„Nicht Syzan, Sezen Aksu, voll der große Star in der Türkei", Meleks Augen leuchteten ein bisschen.

„Singt sie auch immer von Liebe und Betrug?"

„Ja, auch, woher weißt du das?", Melek war überrascht, dass ich voll ins Schwarze getroffen hatte.

„Nur so geraten", log ich.

Sie nahm mir den Kopfhörer weg. Bevor sie ging fragte ich: „Wie sieht sie aus, diese Sezen, trägt sie auch Kopftuch?"

„Nein, sie hat rote Haare und ist voll verrückt", sagte sie.

„Also ist sie die türkische Madonna!"

Melek überlegte eine Weile, dann sagte sie leise: „Ja ... irgendwie schon."

Als sie das sagte, schaute sie mich an, ich blickte noch mal auf ihren Walkman und meinte: „Sezen Aksu?" – Und Melek lächelte und nickte.

Als ich in die Klasse kam, fand ich das Verhalten meiner Mitschüler witzig: Sie tanzten auf den Tischen herum. Aßen im Unterricht viele Gummibärchen, oder Kaugummis; sie waren frech zu den Lehrern, selbst Frau Burstein gegenüber. Und wenn sie gebeten wurden, im Matheunterricht an die Tafel zu kommen, sagten manche einfach: „Nein, will ich nicht, hab keine Lust."

Der Lehrer sagte dann nur: „Okay, wer sonst hat Lust, an die Tafel zu kommen?"

Unglaublich. Dafür hätte man in Prishtina eine Ohrfeige verpasst bekommen. Dort musste man alles machen, was die Lehrer sagten. Wenn die Lehrer gesagt hätten, ihr dürft nicht atmen, dann hätten wir nicht atmen dürfen, so streng waren sie. Wegen jeder Kleinigkeit wurden die Eltern in der Schule bestellt. „Ihre Tochter ist zu vorlaut; Ihre Tochter redet zu viel; Ihre Tochter ärgert die Jungs; dies, das, jenes ..."

Hier ist alles ganz anders. Jeder kann tun und lassen, was er will.

In solchen Situationen musste ich plötzlich an Gezim und die anderen Jungs aus meiner Schulklasse in Prishtina denken. Sie kassierten oft Ohrfeigen, weil sie frech wurden oder sonst den Unterricht störten.

Schade, dass sie nicht hier waren. Hier würde es ihnen gefallen.

Na ja, nach einer Weile wurde ich auch wie die anderen. Ich weigerte mich, im Matheunterricht an die Tafel zu kommen. Ich aß auch Gummibärchen. Ich sang wie Melek Nenas „99 Luftballons."

Zu meiner Enttäuschung befanden sich in meiner Klasse kaum deutsche Jungs. Genau zwei. Ein großer Stefan, der eine Zahnspange trug und jeden Morgen mit dem Fahrrad zur Schule kam. Und in der Hofpause sein Leberwurstbrot aß, und ein kleiner Christian, der irgendeinen Gürtel in Judo hatte, nicht viel sagte, aber sehr höflich war. Das war es. Die hübschen Jungs, wie sie mir auf der Straße begegneten, gingen nicht in meine Klasse. Die Chancen, hier einen deutschen Jungen zu finden, den ich küssen wollte, standen sehr schlecht.

In meiner Klasse waren stattdessen viele Kinder, die überall aus der Welt herkamen. Ihre Eltern hatten auch beschlossen, ihren Kindern eine neue Heimat in Deutschland zu schaffen, weil es ihnen in ihrer richtigen Heimat schlecht ging.

Bleta, die große, schlanke Blondine, meine Banknachbarin, war Albanerin aus Skopje, Mazedonien. Sie lebte seit 13 Jahren in Deutschland und hatte sieben Geschwister. Sie hatten keine deutschen Papiere. Die ganze Familie lebte all die Jahre in einer Sozialwohnung. Ich konnte das gar nicht glauben, wie man so viele Jahre ohne richtige deutsche Papiere sein konnte. Aber so genau wusste das keiner, warum der Bundeskanzler ihnen diese Papiere nicht gab.

Ich hatte mich mit Bleta angefreundet. Sie hatte blondes Haar, war groß, schlank, hatte eine reine Haut, hellblaue Augen, die sie leicht mit schwarzer Farbe schminkte. Bleta lächelte immer, sie hatte auch immer einen Kirschlabello in ihrer Tasche und auf den Lippen; sie war clever, süß, herzlich und roch auch noch gut. Nach frischen Äpfeln mit Vanille.

Sie nahm mich an die Hand. Verteidigte mich vor Melek und Ibrahim. Erklärte mir Sachen, die mein Leben leichter machten.

„Es ist günstiger, wenn wir Taschen und Ohrringe auf dem Flohmarkt kaufen. Da kannst du richtig tolle Schnäppchen machen. Vintage und so“, so motivierte sie mich, dahin mitzugehen.

Sie sagte auch, dass es gut sei, albanischen Eltern nicht immer die Wahrheit zu sagen.

„Albanische Eltern machen sich immer viel zu viele Sorgen. Sie heulen wegen jeder Kleinigkeit. Vor allem sorgen sie sich, wenn wir Mädchen uns zu sehr für Jungs interessieren. Das können sie so gaaar nicht leiden. Und sie lieben ihre Söhne. Egal, was für Loser sie sind.“

„Ist mir bei meinen Eltern nicht aufgefallen. Sie haben nichts gegen Jungs. Und da ich keinen Bruder habe, kann ich das mit den Söhnen nicht beurteilen. Aber mir ist das bei Tante Hannah und Tante Linda auch aufgefallen, dass sie ihre Jungs mehr lieben. Die Jungs müssen bei Tante Linda nie im Haushalt mithelfen”, sagte ich.

„Siehst du", ermutigte mich Bleta. „Und wenn du einen Bruder hättest, dann würden deine Eltern ihn auch in den Himmel heben", fügte sie hinzu.

„Das werde ich wohl nie herausfinden, ich habe ja gar keinen", ich zuckte die Schultern.

„Sei froh", sagte Bleta.

Eigentlich sah Bleta gar nicht aus wie eine Albanerin. Eher wie eine Schwedin oder Norwegerin. Sie trug gerne enge Hosen, und breite T-Shirts mit Sprüchen drauf. Große Ohrringe aus Silber und große Ledertaschen waren ihr Ding. Sie liebte Hip-Hop und R'n'B-Musik. So wie ich Madonna liebte, liebte sie Michael.

Ich ging manchmal nach der Schule mit zu ihr. Sie wohnte auch am Kotti, gar nicht so weit von unserer Schule. Wo sie wohnte, war es fast so schlimm wie bei uns im Flüchtlingsheim.

Das Licht auf dem Flur ging nicht. Das Treppenhaus war vermüllt, die Klingel kaputt. Sie wohnte im vierten Stock. Teilte sich ein Zimmer mit ihren drei Schwestern. Darin waren vier Betten, ein Kleiderschrank, ein kleiner Schreibtisch. Neben dem Fenster ragte eine Satellitenschüssel. Die Wände waren fast tapeziert mit großen Postern von Michael Jackson, aber auch von New Kids on The Block. Eine Band, die ich nicht kannte. Neben ihrem Bett war eine kleine hellbraune Kommode. Darauf eine Schüssel mit vielen Ketten, Ringen und Ohrringen. Gleich nebendran war eine kleine Parfümflasche, darauf stand: Joop-All about Eve. Danach roch sie immer.

Über ihrem Bett hing eine Postkarte mit großen Palmen drauf. Darauf stand: „Bali-Mood."

„Wenn ich 18 bin, will eine Reise nach Bali machen. Das ist mein größter Wunsch. Dort soll das Paradies sein", erklärte sie mir verträumt.

„Wo ist Bali?“

„In Indonesien, fast neben Australien, Amerika ist auch nicht weit weg.“

„Soooooo weit weg willst du gehen“, sagte ich mit großen Augen.

„Ja, so weit weg“, sagte sie und grinste. Dann ging sie in die Küche und machte mir einen Minz-Tee und brachte eine Schüssel Erdnüsse mit: „Ich war vier Jahre alt, als meine Eltern nach Deutschland gekommen sind. Ich kenne nichts Anderes als Berlin. Deswegen will ich mal nach Bali. Skopje kenne ich auch nicht. Aber da will ich nicht hin. Ich glaube, es würde mir nicht gefallen“, sagte sie mir.

„Eigentlich müsste es in Skopje so wie in Prishtina sein. Traurig, mit vielen Polizisten auf der Straße. Aber Berlin ist doch viel cooler. Sei froh, dass du schon immer hier bist“, antwortete ich und aß ein paar Erdnüsse.

Bleta schaute mich mit ihren hellblauen Augen an.

„Ich finde es toll, wie gut dein Albanisch ist, du sprichst so schön. Wenn du sprichst, denkt man gar nicht, dass du noch keine Erwachsene bist.“

„Dankeschön, ich spreche auch sehr gerne Albanisch, das ist meine Herzenssprache“, sagte ich ihr grinsend.

Dann überlegte sie eine Weile und legte los: „Wir haben keine richtigen Papiere. Das heißt, sobald es in Mazedonien sicherer wird, müssen wir wohl dahin zurück. Aber ich glaube, das passiert nicht. Dafür sind wir zu lange hier“, sagte sie selbstbewusst.

„Wie kann man euch nach Skopje zurückschicken; alle verlassen die Gegend da unten, weil es dort so gefährlich ist. Alle fliehen. Und ihr sollt zurück? Ich glaub nicht, dass das passiert“, ich war mir meiner Sache sicher.

Insgeheim war ich irgendwie verwirrt. Bleta war so lange in Deutschland ohne richtige Papiere. Sie durfte Deutschland nie verlassen und hatte nach all den Jahren kein eigenes Zimmer.

Das war irgendwie total gemein.

Sie holte mich aus meinem Gedankenspaziergang zurück.

„Kommst du mit Melek und Ibrahim mittlerweile besser klar?"

„Ja, schon. Mittlerweile lassen sie mich in Ruhe, Ibrahim macht sich nicht mehr über meine Klamotten lustig", sagte ich ihr. „Und Melek ... hmmm wird nicht meine beste Freundin. Dafür ist sie zu gehässig."

„Tja, ein Kopftuch macht dich noch lange nicht zu einer guten Freundin, geschweige denn zu einem guten Menschen", sagte Bleta lächelnd.

„Wie ist dein Nachhilfeunterricht? Bringt dir das was? Ist der Nachhilfelehrer eine sie oder ein er?", scherzte Bleta.

„Ganz gut, ich kapiere vieles, was ich im normalen Unterricht lerne. Und ja, der Nachhilfelehrer ist ein er. Ein sehr süßer sogar", sagte ich verlegen.

„Na dann musst du dich wohl so richtig anstrengen, gut Deutsch zu sprechen, so kannst du ihn ja vielleicht beeindrucken", scherzte Bleta.

Ich grinste blöd herum.

Dann klopfte es an der Tür. Es war Salim, Bletas Nachbar aus Afghanistan. Er lebte seit acht Jahren in Deutschland, wie Bleta – und wartete auf die Papiere.

„Hey, kannst du deine Wäsche aus der Waschmaschine holen? Ich muss auch", sagte er, dann fiel ihm der Kopfhörer aus dem Ohr raus.

„Oh, ja sorry, sofort", Bleta stand auf. Das kannte ich nur zu gut aus unserem Heim. Da hatten wir auch keine eigene Waschmaschine und mussten einen gemeinsamen Waschraum nutzen.

Ich ging mit Bleta. Sie packte alles in eine große Box. So machte sie Platz für Salim. Er schaute beschäftigt aus. Hörte Musik.

Dann stopfte er alles in die Waschmaschine, machte sie an und ging. Beim Vorbeigehen dachte ich: Salim sieht gut aus. Exotisch, spritzig, forsch und dunkelhaarig. Seine Haare lockig aber kurz. Seine Augen wie leckere Pralinen. Sein Lächeln verschmitzt. Sein Gang aufrichtig und stolz. Ich wusste nicht warum, aber irgendetwas sagte mir, Salim ist traurig. Wahrscheinlich war es seine kühle, abweisende Art. Denn, obwohl ich auch im Raum war, schien er mich nicht zu beachten. Er sagte nicht einmal „Hallo“ zu mir.

„Salim ist mein bester Kumpel hier. Ich kenne ihn fast schon immer, seit ich klein bin. Wir sind gemeinsam aufgewachsen“, erklärte mir Bleta.

„Er ist ganz alleine hier, hat niemanden, er ist alles, was er hat. Deswegen muss ich gut auf ihn aufpassen. Er hängt oft bei uns ab“, meinte sie ernst.

„Warum ist er alleine? Wo sind seine Eltern“, fragte ich.

„Alle tot, die Taliban hat seine Familie getötet, er ist der einzige Überlebende“, sagte Bleta.

„Gott. Das ist das Schlimmste, was einem Menschen passieren kann“, sagte ich leise.

„Ja“, sagte Bleta. „Deswegen werde ich so gut es geht auf ihn aufpassen.“

Salim war zwar hübsch aber ich fand ihn eingebildet. Er ignorierte mich komplett. Aber nachdem Bleta mir seine Geschichte erzählte, nahm ich ihm das nicht mehr übel. Er tat mir sehr leid. Ohne Familie, ohne deutsche Papiere, ohne richtiges Zuhause. Wie viel Pech kann ein Mensch haben?

Bleta machte weiter.

„Salim ist aber beliebt. Die Leute mögen ihn. Er spricht perfekt Deutsch. Geht nie in die Moschee. Dafür tanzt er viel, so tanzt er sich seine Trauer weg. Er ist schön, oder? Ich finde, allein seine Erscheinung ist wie ein schöner Kuss“, sagte Bleta und grinste mich an.

„Ja, er ist hübsch, aber irgendwie auch total hochnäsig."

„Der traut sich nicht, glaube mir. Nichts Anderes ist es. Er ist der Letzte, der eingebildet ist", verteidigte sie ihn.

„Was tanzt der Salim?"

„Hip-Hop, und zwar richtig gut. Wir können mal zum Jugendclub, wo er auftritt", antwortete Bleta.

„Ja, das würde ich gerne mal sehen. Ich tanze auch, aber eher so für mich", sagte ich.

Dann nahm sie ihren Wäschekorb, wir gingen nach oben. Sie legte den Korb weg und brachte mich zur Bushaltestelle. Ich hatte das Gefühl, sie dachte, sie müsse auf mich genauso aufpassen wie auf Salim.

Als ich vor dem Flüchtlingsheim aus dem Bus ausstieg, schaukelte ich noch ein bisschen unter dem Baum und dachte über Salim nach. Vielleicht waren seine Eltern genauso wie Onkel Agim, setzten sich gegen Unrecht ein, kämpften für ein besseres Leben, vielleicht mussten seine Eltern deswegen sterben. Irgendwie haben alle Menschen die gleichen Probleme und die gleichen Sorgen. Egal, wo sie leben. Irgendwann ging ich rein. Meine Eltern erwarteten mich.

Viele meiner Mitschüler in der Realschule hatten ähnliche Geschichten wie Salim. Ibrahim war zum Beispiel Kurde, seine Familie wurde von den Türken vertrieben. Thilara war Tamilin, ihre Eltern wurden von den Singhalesen verfolgt. Auch Bletas Familie floh von Terror und Angst. Ich ja irgendwie auch.

In der Klasse gab es aber auch viele, deren Eltern und Großeltern zum Arbeiten nach Deutschland kamen. Diese Leute nannte man Gastarbeiter. Meleks Eltern kamen aus der Türkei, Joses aus Spanien, Marias aus Griechenland. Viele von ihnen lebten in dritter Generation in Deutschland. Zwischen ihnen, den Türken & Co., und solchen wie mir, Salim und Bleta bestanden zwar Gemeinsamkeiten, ich erkannte aber auch einen großen Unterschied: Ihre Eltern und teilweise deren Großeltern kamen in den 60er und 70er Jahren nach Deutschland, um zu arbeiten, um sich ein besseres Leben aufzubauen und bauten gleichzeitig Deutschland mit auf. Während meine Eltern Deutschland als das Land aufsuchten, wo sie in Frieden leben konnten. Ohne Polizei. Krieg. Angst.

Doch im Grunde genommen waren wir alle hier, weil es uns in unserer richtigen Heimat in irgendeiner Art und Weise schlecht gegangen war. Denn wer verlässt sein Zuhause schon, weil es ihm dort zu gut geht?

10. Papa, mein Superheld

Mein Vater heißt Besnik, das bedeutet „der das Versprechen hält.“ Ich finde meinen Papa hübsch. Er ist groß, hat dunkelblaue Augen und eine coole Ausstrahlung. Immer, wenn er lächelt, sieht das so aus, als ob die ganze Welt in Ordnung wäre. Bevor er spricht, denkt er viel nach. „Wörter tun mehr weh als Schläge, deswegen muss man gut aufpassen was man sagt“, erklärte er mir immer.

Papa liebt die Filme von James Bond, die Musik von den Beatles und die von Eli Fara. Obwohl Onkel Lum sein richtiger Bruder ist, liebte mein Papa Onkel Agim viel mehr als seinen Bruder. Als Onkel Agim getötet wurde, sah ich meinen Vater zum ersten Mal weinen. Sonst dachte ich immer, mein Papa kann locker mit James Bond mithalten. Er macht oft das Unmögliche möglich. So zum Beispiel verteidigte er mich vor der Klassenlehrerin in Prishtina, die behauptete, ich sei vorlaut. Er sagt: „Nein. Meine Tochter ist nicht vorlaut, sie ist selbstbewusst. Das ist ein Unterschied.“ Ich habe in dem Moment ein kleines Feuerwerk erlebt.

Mein Papa kommt aus einem kleinen Dorf im Kosovo. Das Dorf war so klein, es hatte noch nicht einmal 200 Einwohner. Seine Mutter starb, als er noch ein Kind war. Ich habe diese Oma nie kennengelernt.

Doch in dem Haus, in dem mein Vater aufgewachsen ist, war wohl immer viel Besuch und Freude. Das Leben dort muss sehr schön gewesen sein. Mein Vater erzählt noch heute von den großen Feiern, von den vielen Gästen und dem vielen Essen, das in diesem Haus serviert wurde. Seine Eltern, also meine Großeltern, waren Bauern. Sie besaßen viel Land, Tiere und lebten von Ackerbau und Viehzucht. Sie bauten Kartoffeln, Bohnen, Mais, Kürbis und Melonen an. Ab und zu verkauften sie etwas auf dem Markt und mit dem Rest versorgten sie sich.

Mein Vater ist das älteste von sechs Kindern. Er hat zwei weitere Brüder und drei Schwestern. So habe ich 16 Cousinen und Cousins, deren Namen ich mir nicht immer merken kann.

Mein Vater und sein Vater verstanden sich gut. Hatten die gleichen Ideen. Ähnliche Ziele. Ähnliche Vorstellungen. Wurde zum Beispiel ein neues Haus gebaut oder eines der Kinder verheiratet, war mein Vater sein Berater. Papa vertrat oft den Opa, wenn er verhindert war. So mussten seine Geschwister alles machen, was mein Papa sagte.

Da er aber ein lieber Mensch war, hatten seine Geschwister Glück: denn Papa entschied sich immer zu ihrem Wohl und machte mit seinen Entscheidungen riesige Fortschritte. Wenn die Imame kamen, um dem Opa auszureden, die Töchter in die Schule zu schicken, sondern eher in die Moschee, hat mein Papa die Imame einfach rausgeworfen. Diese Leute mag er bis heute nicht.

„Diese Imame sind sehr ungebildet, sie erzählen viel Müll. Man muss sich vor ihnen schützen", sagte er dann.

Mein Papa war nämlich ein Gerechtigkeitsfanatiker, außerdem glaubte er, dass Gott alle Menschen gleich liebt, Männer wie Frauen.

Papa war schon als Kind ein Bücherwurm, erzählte er mir. Er las wohl immer und überall. Bis heute ist das so. Und er liebte Politik. Und da sein Vater in ihm keinen Mann sah, der jährlich die Ernte säen würde, unterstützte er ihn und schickte ihn zum Studieren in die große Stadt.

So zog er als Fünfzehnjähriger von zu Hause aus, machte Abitur und studierte Zahnmedizin in Kroatien. Er machte als Bester seines Jahrgangs seinen Abschluss. Mein Opa schickte ihm jeden Monat Geld, damit er was zu essen hatte. Ab und zu jobbte er aber auch, um so noch mehr Geld zu haben. Nach seinem Abschluss bekam er sofort eine Stelle angeboten. Dann sorgte er dafür, dass alle seine Geschwister, besonders seine Schwestern, eine anständige Schulbildung bekamen. Und das macht meinen Papa allemal zu einem Helden. Denn alle seine Geschwister wanderten dank ihm in die Stadt aus, machten ihre Ausbildung und wurden damit selbständige Menschen.

Die Frauen in Papas Familie kümmern sich hauptsächlich um die Kinder, den Haushalt, um die Gäste, um die Schwiegereltern. Sie kochen, waschen, bügeln. Und erledigen viele Dinge. Sind dabei immer freundlich. Knutschen dich bei jeder Gelegenheit ab. So wie Tante Hannah zum Beispiel. Sie war die älteste Schwester meines Vaters. Die Männer dagegen sorgen hauptsächlich dafür, das Geld nach Hause zu bringen. Alles andere: Kinder hüten, kochen, Gäste verwöhnen oder sich einfach mal um ihre Frauen kümmern – ist ihren Launen überlassen.

Meine Eltern erzählten mir, dass den Menschen im Kosovo schon immer Bildung und Entwicklung verwehrt blieb, so dass sie bis heute den Lebensmittelpunkt in der Familie sehen. Deswegen ist Heiraten und Kinderkriegen dort am wichtigsten. Auch bei Kosovo-Albanern, wie Onkel Jonuz, die in Deutschland oder woanders in der Welt lebten. Die Heirat steht immer zuerst auf dem Plan.

Auch meinen Papa wollte der Opa verheiraten. Er hatte eine hübsche Frau aus dem Dorf für ihn ausgesucht. Das hatte Papa abgelehnt. „Ein echter Mann sucht sich selbst seine Ehefrau, er lässt sich nicht verheiraten", hatte Papa zu Opa gesagt. Der Opa sei eine Weile deswegen stinkig auf ihn gewesen, aber irgendwann hätte er Frieden damit geschlossen.

Politisch aktiv zu sein und für Menschenrechte zu kämpfen, ist in der Familie meines Vaters heilig. Schon als Kind besuchte mein Papa mit dem Opa politische Debatten, bei denen es immer um die Freiheit des Kosovo ging. Kein Wunder, dass mein Papa für Menschenrechte kämpfte. „Die beste Form, um in Frieden zusammenzuleben, ist die Demokratie, Era“, sagte er zu mir im ernsten Ton.

„Was ist das ‚Demokratie, Papa?“

„Demokratie heißt, wenn das Volk herrscht“, erklärte er mir.

„Ah so“, sagte ich.

„Und weißt du wo das Leben am schönsten ist?“

„Nö, wo, denn?“, hörte ich neugierig zu.

„Der beste Kontinent um glücklich und gut zu leben ist Europa, das solltest du auch wissen“, fügte er hinzu.

„Kommunismus ist böse, Faschismus ist tödlich“, war auch einer seiner Sprüche. Ich wusste gar nicht, was diese Worte bedeuteten, aber gut hörten sie sich nicht an. Es war auch sehr schwer für mich, sie auszusprechen.

Mein Papa hatte viele Wünsche, und einen ganz besonders großen Traum: „Der Kosovo muss von den Serben befreit werden. Das ist der einzige Weg um glücklich zu sein“, sagte er immer wieder. Weil er diesen Traum hatte, besuchten uns oft die serbischen Polizisten und nahmen ihn mit. Er war deswegen zwei Jahre weg. Auch mein Opa und mein Uropa hatten schon diesen Traum. Auch sie mussten mit den serbischen Polizisten mitgehen. Mein Uropa kam deswegen nie zurück. Er wurde wie Onkel Agim getötet. Mein Opa war deswegen sechs Jahre weg. Aber er kam zum Glück irgendwann zurück.

Wo Papa in diesen zwei Jahren wirklich war, als ihn die serbischen Polizisten mitnahmen, das weiß ich bis heute nicht. Das habe ich ihn zwar beim Eisseen gefragt, aber keine richtige Antwort bekommen. Es könnte sein, dass er dort schlimme Dinge erlebt hat. Vielleicht frage ich, wenn ich etwas mutiger geworden bin und etwas älter.

Als mein Vater nach Deutschland kam, konnte er nix.

„Ich bin wieder ein Student, wie früher“, sagte er und lachte über sich.

Dann machte er weiter: „Im Leben kannst du von heute auf morgen alles verlieren. Und dann musst du von vorne anfangen. Das ist der Lauf der Dinge. Das Leben geht weiter. Immer geht alles weiter“, sagte er mir immer wieder.

Er lernte gerne: Deutsch, die deutschen Gesetze, die deutsche Kultur, das deutsche Essen. Und er wollte arbeiten, Geld verdienen. Egal was. Im Flüchtlingsheim mochten ihn alle Menschen, egal ob Bosnier oder Iraker. Selbst wenn er total kritisch war und manchmal die Leute mit seiner Art nervte: „Hört auf, den ganzen Tag mit Nixtun zu verbringen, lernt Deutsch. Das tut nicht weh“, sagte er ihnen.

Weil ich so einen Papa habe, weiß ich viel mehr als andere Teenies. Zum Beispiel weiß ich, wie oft Franklin Roosevelt Präsident der USA war. Ich weiß, dass die baskische Sprache eine der ältesten Sprachen der Welt ist und mit keiner anderen verwandt, ähnlich wie die albanische Sprache. Und ich weiß, dass ein Mann namens Enver Hoxha ein bitterböser Diktator war. Dinge, die nicht unbedingt jede Fünfzehnjährige aus dem Ärmel schütteln kann.

Ich glaube, das ist auch ein Grund, warum Melek mich nicht mag. Ihre Welt ist enger.

Mein Papa fand Menschen toll, die von ganz unten kommen und mit viel Fleiß und harter Arbeit ihren Weg gemacht haben. Und solche Menschen, die aus der Reihe tanzten. Und nicht immer ja und Amen sagen.

Immer sagte er zu mir: „Im Leben wird dir nichts geschenkt. Wir müssen für alles hart arbeiten.“ So hörte ich mir mehrmals am Tag an, dass ich anständiges Deutsch lernen sollte und Deutschland als mein Zuhause betrachten sollte. „Gute Noten in der Schule schreiben tut auch nicht weh. Mit guten Noten kommt man gut voran, auch wenn die wirklich wichtige Schule die Schule des Lebens ist“, sagte er mir. Mein Vater empfahl mir auch, ruhig selbstbewusst zu den Lehrern und im Leben zu sein. „So kommt man auch gut voran, denn frech kommt meistens weiter“, sagte er. Und eine Sache sollte ich niemals vergessen: „Era, ohne Fleiß kein Preis, sagen die Deutschen, das sagen wir jetzt auch.“

Aber der Papa konnte manchmal auch anders! Manchmal war mein Vater mir so fremd, da verstand ich ihn gar nicht. Er mochte es nicht, wenn Bleta und ich uns mit Jungs herumtrieben. Er sagte zwar nichts, aber sein Stirnrunzeln verriet alles. Deswegen erzählte ich ihm nichts von meinem Nachhilfelehrer Daniel. Dass ich Herzflattern in seiner Anwesenheit bekam, behielt ich mal lieber für mich. Wer weiß was meinem Papa eingefallen wäre. Ich wollte auf gar keinen Fall, dass er neben mir im Nachhilfeunterricht sitzt.

Muslimische Jungs mochte er überhaupt nicht. Wie zum Beispiel Salim.

„Was habt ihr eigentlich mit diesem Salim? Ihr trefft euch so oft mit ihm. Was macht ihr den ganzen Tag so zu dritt. Ihr macht doch keine Dummheiten?“

„Dummheiten. Oh ... wir sind viel zu clever für Dummheiten“, sagte ich.

„Ja, sagt doch, wo kommt dieser Salim her, ist er ein Araber? Was macht ihr so den ganzen Tag?“

„Er ist kein Araber, er ist Afghane, das ist ein Unterschied“, sagte ich.

„Ah, so ist das. Das sind trotzdem Muslime. Mit solchen Jungs solltet ihr euch nicht rumtreiben.“

Seine Äußerungen machten mich so wütend, dass ich hätte platzen können.

„Du bist doch auch Muslim. Wo ist dein Problem?“, fragte ich ihn.

„Wir sind europäische Muslime, das ist was Anderes. Aber wir heiraten nicht vier Frauen auf einmal, und auch nicht unsere Cousinen, so wie die Araber.“

„Salim ist aber kein Araber“, sagte ich.

„Außerdem, bist du nicht derjenige, der sagt, dass alle Menschen gleich sind? Sollte nicht der Mensch an erster Stelle stehen? Unabhängig von seiner Religion?“, fragte ich.

Dann schaute er meine Mutter an und sagte: „Ist das unsere Tochter? Haben wir sie so frech werden lassen?“

Dann lachten beide.

11. Mama weiß, wie es geht

Meine Mama heißt Lule, was ins Deutsche übersetzt „die Blume“ bedeutet. Sie ist die Tochter von Oma Emine. Und die Schwester von Tante Jehona und Tante Lirie. Mama kommt aus Prishtina, sie wurde im Stadtteil Sonnenberg geboren. Dort wuchs sie auch auf. Sie wurde in einer kleinen und sehr reichen Familie geboren. Ihr Vater, Oma Emines Ehemann, war ein Geschäftsmann und arbeitete überall, in Serbien, Kroatien, Bosnien, Griechenland und der Türkei. Er soll ein sehr gebildeter und mächtiger Mann gewesen sein. Mit Politik hatte er nichts am Hut. Politik vermiese das Geschäft, soll sein Motto gewesen sein, deswegen hielt er sich davon fern.

Die Leute in Mamas Stadtteil sollen über den Opa gesagt haben, er sei ein serbischer Spion, deswegen sei er so reich. Aber die Leute hätten dennoch nichts gegen ihn unternommen, weil er das Geld, dass er verdiente, mit vielen armen Menschen in der Stadt teilte. Viele Familien konnten nur deshalb ihre Kinder in die Schule schicken.

Als Opa meinen Vater zu seinem Schwiegersohn bekam, hatte er sich sehr gefreut. Denn sie hatten eine Sache gemeinsam: beide mochten keine Imame. „Wir lassen uns nicht durch Moscheen oder Kirchen teilen. Ob Christen oder Muslime, wir sind ein Volk“, hätte dieser Opa gesagt. Auch er hatte die Imame, die um Geld bettelten oder ihn belehren wollten, einfach hinausgeworfen.

Doch die Sache mit der Politik störte ihn: „Der Junge hat Flausen im Kopf. Früher oder später wird er für seine Gedanken mit seiner Freiheit bezahlen“, hatte er mal zu meiner Mama gesagt.

Kurz danach ist Opa an Herzversagen gestorben, da war ich noch ganz klein. Papas Verschwinden hat er nicht mitbekommen.

Seit Opa tot ist, lebt Oma Emine alleine, sie hat aber viel Geld geerbt. Sie hat Tante Jehonas Reise nach Schweden und auch unsere Reise nach Deutschland bezahlt.

Oma Emine ist für ihre Töchter Mutter, Beraterin und Freundin. Sie hat ihnen immer gesagt: „Es ist schlau, auf die Liebe zu setzen. Kein Geschäft der Welt kann die Liebe ersetzen“, sagte sie auch mir immer wieder.

Wenn meine Eltern auf die Veranstaltungen gingen, um gegen Milosevic zu protestieren, gaben sie mich immer bei Oma Emine ab. Großmutter Emine war Hausfrau, sie hatte niemals einen Beruf gelernt. Für mich hatte sie den Beruf des Engels. Sie passte gut auf mich auf. Kochte für mich. Wusch meine Wäsche. Sang mich in den Schlaf. Oder nahm mich im Sommer mit in den Garten, um Tomaten oder Erdbeeren zu pflücken. Das waren die schönsten Tage. Das Haus, in dem meine Mutter aufgewachsen ist und in dem ich oft zu Besuch war, war prächtig und schön. Mit großen Fenstern und Dachterrassen. Und einem sehr schönen Garten mit unheimlich viel Platz zum Abhängen. Manchmal tobte ich stundenlang im Garten herum, dass ich alles um mich herum vergaß. Spielte Verstecken mit den Nachbarskindern. Oder Sackhüpfen. Und manchmal schlug ich mir die Knie dabei auf. Ich lachte, weinte und tobte so laut herum, dass es die halbe Nachbarschaft mitbekam.

Nun, meine Mutter ist eine Traumfrau. Sie ähnelt sehr Oma Emine. Meine Mutter ist klug. Weise. Bedacht. Zart. Friedvoll. Frisch. Versprüht immer und überall gute Laune. Wenn ich mich zum Beispiel total dumm fühle, weil ich mal wieder eine Fünf in Mathe bekommen habe, oder, weil ich dieses Flüchtlingsheim schrecklich finde und das Gefühl habe, vor Kummer zu ersticken, dann findet sie immer wieder einen Weg, mir ein Lächeln ins Gesicht zu zaubern. Entweder näht sie mir ein schönes Kleid oder eine Tasche, oder sie bäckt mir Schokoladenbrötchen. Und wenn ich in ihr fröhliches und schönes Gesicht blicke, während sie dabei die Lieder von Eli Fara trällert, scheint der Kummer etwas nachzulassen. Oder, wenn ich mal mit Bleta oder Aurora ausgehen möchte und besonders gut aussehen will, leiht sie mir ihren Schmuck aus. Wenn ich ihre Sachen trage, habe ich das Gefühl, mindestens so schön zu sein wie sie.

Kein Wunder also, dass mein Papa sich in sie verliebte. Als ich sie einmal fragte, warum sie sich in den Papa verliebt hat, sagte sie: „Er hat die Herzen der Menschen geöffnet, er war beliebt, sehr beliebt sogar. Ich habe mich sofort federleicht mit ihm gefühlt“, erklärte sie. Das konnte ich mir nur zu gut vorstellen.

„Aber hat es dich denn nicht gestört, dass er aus dem letzten Dorf im Kosovo kam?“, fragte ich.

„Nein, weil Geld, große Häuser und die Herkunft keine Rolle spielen, wenn du die Liebe gefunden hast. Ich wusste, selbst wenn ich in einer Mülltonne leben würde, wäre es gut mit ihm.“

„Na toll. Der Gedanke mit der Mülltonne gefällt mir irgendwie nicht. Das klingt nach Flüchtlingsheim“, meinte ich.

Meine Mutter lachte: „Era, das ist doch nicht für immer. Nur für eine Weile. Außerdem darfst du nie aufhören das Glück zu suchen.“

Mama war sogar der Meinung, dass in Deutschland überall das Glück wohnte. Kaum war sie in Berlin, lernte sie wie eine verrückte Deutsch und wollte unbedingt eine Stelle als Erzieherin finden.

Die deutsche Sprache fiel ihr aber dennoch schwer. Sie verwechselte nicht nur Präpositionen, Artikel und Adjektive. Manchmal übersetzte sie wortwörtlich das, was sie auf Albanisch dachte, ins Deutsche. Und das konnte echt peinlich werden.

Wie etwa die Sache mit meiner Freundin Helena: Helena kam ursprünglich aus Moskau und wanderte mit ihrer Familie nach Deutschland aus. Sie ging in meine Klasse. Helena war Jüdin und einer der liebenswertesten Menschen, die ich kannte. Sie war groß gewachsen, ihr Gesicht hatte die Form des Mondes, und wenn sie sprach, hatte man das Gefühl, sie umarmen zu müssen. Ihre sanfte Stimme und ihre Wörter klangen wie Musik in meinen Ohren. Sie hatte rotblondes Haar, volle Lippen, die fast immer rot geschminkt waren. Ihr Körper war etwas füllig. Wie eine leckere Quark-Sahne-Erdbeertorte. Man wollte einfach reinbeißen. Und sie trug immer sehr viel Schmuck.

Helena war vor allem so besonders für mich, weil sie meine erste jüdische Freundin war, so wie Lana für Oma Emine. Als ich erfuhr, dass sie Jüdin ist, wurde mir plötzlich warm ums Herz. Ich habe sie vor Freude umarmt. Sie sagte nur verblüfft: „Ich wusste gar nicht, dass wir Juden so beliebt sind. Mit so einer Begeisterung hat noch keiner auf mich reagiert."

Ich erzählte ihr dann von Lana.

Meine Mutter mochte Helena sehr, fand sie aber auch etwas seltsam: „Helena ist ja ganz wunderbar, aber sie schaut so beladen aus. Ist der Schmuck, den sie trägt, nicht schwer?"

„Frag sie doch", sagte ich.

„Nein, ich glaube, das ist unhöflich", sagte sie.

Helena trug wirklich viele Ketten, manche waren aus Gold mit für sie wichtigen Anhängern: Engel, Sonne, Pfeile, Judenstern, alles war darunter. Aber sie trug auch viele Ringe, Arm- und Fußketten. Man erwischte sie nie ohne Schmuck.

Und natürlich war Helena gut in Mathe. Alle meine neuen Freunde konnten gut mit Zahlen umgehen. Zumindest erschien mir das so. Helena lebte erstaunlicherweise nicht sehr lange in einem Flüchtlingsheim, nur drei Monate. Sie bekam sogar den deutschen Pass. Warum? Vermutlich hatte es damit zu tun, dass sie deutsche Vorfahren hatte. Sie erzählte mal, dass ihre Urgroßeltern Deutsche waren, aber von den Nazis getötet wurden.

Und da ihre Urgroßeltern Deutsche waren, und dieser schlimme Krieg sehr viele Jahre zurückliegt, hatten sie und ihre Familie das Recht, nach Deutschland zurückzukehren.

Bleta und ich hörten immer gespannt zu, wenn Helena über ihre Familie erzählte. Ihre Geschichten hörten sich an wie aus einem Film.

Eines Tages kam Helena bei uns vorbei, um mich abzuholen, wir wollten zum Clubabend mit Salim gehen. Als sie an der Tür stand, bat meine Mutter Helena herein. Bot ihr Tee und Gebäck an und erkundigte sich nach der Schule und nach ihrer Familie. Meine Mutter war von Helena wirklich sehr angetan.

Meine Mutter wollte sie wissen lassen, wie gern sie Helena hat – und sagte tatsächlich: „Ach, Helena, du bist so ein wunderbares Mädchen. Ich liebe dich."

Und meinte natürlich „Ach, Helena, ich habe dich gern."

Im Albanischen macht man nämlich keinen Unterschied zwischen mögen und lieben.

Ich stand vorm Spiegel, machte mich zurecht, und musste mich vor Lachen krümmen. Und zum Glück nahm Helena es auch mit Humor.

Meine Mutter liebt Deutschland. In Berlin will sie alles sehen. Jeden Stein. Jede Brücke. Jede Pfütze. Am liebsten würde sie ganz Berlin umarmen vor Freude. Sie will alles riechen. Die Kälte. Die Wärme. Die Hitze. Sie will alles spüren. Jede Schneeflocke. Jeden Regentropfen. Jeden Sonnenstrahl. Sie duldete vor allem keine Streitereien und war der Meinung, wir sollten uns immer auf die positiven Dinge im Leben konzentrieren.

Mama war letztlich auch diejenige, die bei Auroras Zukunftsplanung ein Wort mitsprach.

Onkel Jonuz hatte plötzlich verkündet, Aurora zu verheiraten. Sie sei jetzt mit ihrer Ausbildung fast fertig und bräuchte einen Ehemann. Er hätte einen für sie gefunden. Ehrlich gesagt, wunderte ich mich sehr darüber. Sie war zwar mit Branko zusammen, aber sie hatte kein einziges Mal erwähnt, ihn heiraten zu wollen. Soweit ich weiß, wussten es nicht einmal ihre Eltern, dass sie mit Branko zusammen war. Mir kam die ganze Sache komisch vor. Ich wollte Aurora sehen. Ich besuchte sie zu Hause. Tante Linda machte auf, sie war wie immer und freute sich sehr, mich zu sehen, sie knutschte mich ab.

„Ah Era, schön, dass du gekommen bist. Du kannst Aurora vielleicht auf andere Gedanken bringen." Dann flüsterte sie mir zu: „Kannst du ihr diese Kürbissuppe bringen, sie hat seit Tagen nichts gegessen vor Kummer, ich mache mir so richtig Sorgen."

Als ich bei Aurora im Zimmer war, dachte ich, Aurora sei über Nacht alt geworden. Sie sah aus wie 30. Sie war von einer dunklen Wolke Trauer umgeben. Schaute mich gar nicht an. Die Haare ungekämmt, die Augen angeschwollen. Der Schlafanzug ausgeleiert. Sie verzog keine Miene. War gedankenversunken. Ich stellte ihr die Suppe hin, die sie nicht anrührte. Und dann platzte es aus ihr raus: „Hast du mich verpfiffen, hast du meinen Eltern erzählt, dass ich mit Branko zusammen bin?"

„Nein. Sowas würde ich niemals machen. Ich habe es dir versprochen", verteidigte ich mich.

„Wer war es dann?", schoss aus ihr zurück.

„Ich weiß es nicht. Aber ist doch nicht so schlimm, dann heiratest du halt Branko, er ist doch eh dein Freund."

„Sag mal spinnt du, weißt du was du redest? Mein Vater hat mir den Kontakt zu Branko verboten und mir einen Mann im Kosovo ausgesucht! Denn soll ich bald heiraten!" Sie sprach wie eine Furie.

Ich war den Tränen nah: „Waaaaaaaas? Wie geht das? Oh mein Gott, du kannst doch nicht irgendeinen Mann heiraten! Das versteht er doch bestimmt. Er ist so lieb und witzig. Rede doch mit ihm!"

„Era, mein Vater hat wortwörtlich gesagt: Wenn ich den Mann aus dem Kosovo nicht heirate, bin ich nicht mehr seine Tochter. Er wird mich verstoßen, weil er es nicht erträgt, wenn seine Tochter mit einem Kroaten zusammen ist. Für meinen Vater kommt nur ein Albaner für mich in Frage, so schreibt es der Kanun vor."

„Dein Vater kennt Branko doch gar nicht, er muss ihn erst kennenlernen, um überhaupt was gegen ihn zu haben! Was ist dieser Kanun?"

„Era, hast du nicht zugehört? Er hat mir den Kontakt zu ihm verboten, er will nix von ihm wissen."

„Dann kommst du eben zu uns in das Flüchtlingsheim. Ich teile mein Bett mit dir. Du kannst auf keinen Fall jemanden heiraten, den du nicht liebst", sagte ich ihr. „Deine Eltern werden sich schon beruhigen. Meine Eltern reden mit ihnen", ermutigte ich sie.

Aurora war nicht zu überzeugen. Sie sagte nur, dass gegen ihren Vater und den Kanun nichts und niemand ankam. Der Kanun sei sowas wie die Bibel und der Koran der Albaner. Darin wurde erklärt, wie Menschen zusammenzuleben haben. Ihre Familie halte sich bis heute daran. Sie wollte alleine sein und bat mich zu gehen. Ich tat was sie sagte.

Ich muss sagen, ich war in dem Moment schockiert. Ich verstand überhaupt nichts mehr.

Ich kam zurück ins Flüchtlingsheim und traf nur auf meine Mama, da Papa noch in der Ausländerbehörde war. Ich redete mit ihr unter Tränen, als ginge es um Leben und Tod: „Mama, ihr müsst mit Onkel Jonuz reden. Er muss Aurora erlauben Branko zu heiraten. Und nicht irgendeinen Fremden aus dem Kosovo, den sie nicht kennt, nur weil der Kanun das so sagt. Das ist nicht fair."

„Era, beruhige dich. Wer sagt, dass Aurora einen fremden Mann heiraten muss?“ Mama wischte mir die Tränen weg.

„Ihr Vater sagt es, er hat einen für sie gefunden. Er wird sie verstoßen, wenn sie das nicht tut“, sagte ich schluchzend.

„Era, kann es sein, dass du was falsch verstanden hast? Ich kann mir nicht vorstellen, dass Onkel Jonuz seine einzige Tochter einfach so verheiratet. Und das in Berlin.“

„Ich schwöre es dir, ich habe nichts falsch verstanden. Wenn du mir nicht glaubst, ruf Aurora an, rede mit ihr, sie sieht so traurig, fast krank aus.“

„Okay, Era, ich glaube dir. Wenn Papa kommt, erzählen wir es ihm. Aber bitte, höre auf zu weinen. Ich befürchte es wird nichts bringen mit Onkel Jonuz zu sprechen. Er ist ein alter und traditioneller Mann. Aurora selbst muss ihm sagen, dass sie das nicht will. Sie ist alt genug. Woher weißt du, was der Kanun ist?“, meine Mutter war überrascht.

„Aurora hat es mir erklärt. Sie meinte, der Kanun ist sowas wie der Koran für die Albaner. Da steht alles, wie Albaner sich verhalten müssen und wie sie ihre Töchter verheiraten sollen.“

„Das ist ein altes Buch Era, kaum einer hält sich heute noch daran. Ich glaube, bei Onkel Jonuz ist viel mehr sein Nationalstolz das Problem als der Kanun“, erklärte mir meine Mutter.

Ich hörte gar nicht, was sie sagte, ich wollte nur eines: „Versprecht mir, dass ihr mit Onkel Jonuz redet. Ihr müsst Aurora retten!“

„Ja, das werden wir tun“, versprach mir meine Mutter und nahm mich in ihre Arme.

Als mein Vater kam, erzählte sie ihm alles brühwarm und bat ihn, mit Onkel Jonuz zu reden.

Das löste in meinem Papa was aus, denn er schimpfte: „Selbst in Deutschland hören diese menschenverachtenden Traditionen nicht auf. Man könnte denken, sie wären ganz weit weg, aber nein, sie sind mittendrin. Zum Teufel damit!“

Am nächsten Tag gingen wir zu Onkel Jonuz. Abends zum Tee trinken. Zu dritt. Wir fuhren wie immer Bus. Als wir ankamen, empfingen uns alle herzlich. Tante Linda hatte Apfelkuchen gebacken, die ganze Wohnung roch nach Vanille und gebackenen Äpfeln. Alibaba hatte gute Laune, wie immer begrüßte uns: „Hallo, hallo, hallo."

Wie legten unsere Jacken ab, gingen ins Wohnzimmer, den schmalen Flur entlang. Von Aurora keine Spur. Tante Linda sagte nur, ihr ginge es nicht gut, Aurora hätte sich hingelegt. Ich ließ mich nicht davon abhalten und ging zu ihr ins Zimmer. Sie sah genauso aus wie an dem Tag davor. Hatte sich keinen Millimeter bewegt. Ich sagte ihr, wir seien da, um mit Onkel Jonuzu zu reden, sie nicht zu verheiraten. Sie schaute mich an und drehte sich um. Sie sagte nichts. Ich merkte, wie ich feuchte Augen bekam. Ich ging ins Wohnzimmer, um Tee zu trinken. Saß neben meiner Mutter. Und dann bekam ich alles mit: Auroras Brüder, Bardh und Gjin hatten sie und Branko in der Stadt gesehen, knutschend. Daraufhin hätten die beiden Jungs ihrem Vater gesagt, Aurora würde die ganze Familie durch dieses Verhalten entehren. Als Konsequenz daraus hatte Onkel Jonuz beschlossen, sie mit einem Mann aus dem Kosovo zu verheiraten.

„Sie braucht einen Mann, dann soll sie einen Mann bekommen. Aber bitteschön einen Albaner", sagte er und zündete sich eine Zigarette an. Er sah aber auch nicht so glücklich dabei aus. Denn nach dem ersten Zug schloss er die Augen, so als müsste er mit den Tränen kämpfen.

Mein Vater sagte im ernsten Ton: „Jonuz! Diese Zeiten sind vorbei, wo die Väter ihre Töchter verheiratet haben. Jetzt suchen sich die Töchter ihre Männer aus. Und das ist auch gut so. Wenn es schiefgeht, bist du fein raus. Dann kann sie dir nicht vorwerfen, du hättest ihr den falschen Mann ausgesucht!"

Dabei trank mein Vater seinen Schwarztee mit viel Zitrone.

Jetzt sah ich bei Onkel Jonuz ein kleines Lächeln im Gesicht.

Meine Mutter mischte sich ein: „Wir sollten die Kinder frei sein lassen, wir können ihnen den Weg zeigen, aber gehen müssen sie ihn alleine. Wir können sie nicht davor beschützen Fehler zu machen. Sie werden ihre eigenen Fehler machen. Und hoffentlich daraus lernen."

Meine Eltern sprachen immer wieder auf Onkel Jonuz ein. Dann stellt er ihnen eine Frage: „Wie würdet ihr euch verhalten, wenn eure Tochter mit einem Nicht-Albaner zusammen wäre? Würdet ihr dieses Verhalten tolerieren?"

Mein Papa brauchte nicht lange: „Ja, würde ich. Selbst, wenn es mir nicht gefallen würde. Ich habe kein Recht, über mein Kind zu bestimmen. Sie ist nicht mein Eigentum."

Meine Mutter machte weiter: „Ich habe kein Recht sie zu zwingen, einen Mann zu heiraten, den sie nicht will. Unsere Tochter bestimmt selbst über sich und ihr Leben."

„Ich wünsche Euch, dass ihr kein einziges Mal in meiner Haut stecken werdet. Auch, wenn es stimmt was ihr sagt. Wir haben kein Recht, unsere Kinder zu verheiraten. Aber es ist verdammt schwer. Es tut verdammt weh. Wir bringen die Kinder auf die Welt, ziehen sie groß, dann tanzen sie dir auf der Nase herum ... Ein Kroate. Als ob es keine Albaner gäbe."

Er schüttelte den Kopf, dann zündete er seine dritte Zigarette an.

„Sei froh, wenigstens ist er kein Serbe", scherzte wieder mein Vater

„Ob Kroate oder Serbe – wo ist da der Unterschied?", schnaufte Onkel Jonuz.

„Die Kroaten haben uns niemals in der Geschichte vertrieben oder bekämpft", erklärte ihm meine Mutter. „Sie sind doch unsere Freunde."

Dann war Stille. Die Atmosphäre war etwas aufgelockert.

Tante Linda hatte die Stirn gerunzelt, hörte besorgt zu, sonst sagte sie nichts. Ihr Apfelkuchen war ein Traum, so saftig, er schmolz fast im Mund. Ich nahm mir noch ein zweites Stück.

Meine Eltern hatten Onkel Jonuz überzeugt, Aurora nicht zu verheiraten. Allerdings tolerierte Onkel Jonuz ihre Beziehung zu Branko nicht. Sie sollte mit ihm Schluss machen und sich einen albanischen Freund suchen.

Ich rannte zu ihr ins Zimmer und erzählte ihr das. Ich sagte ihr, das sei immerhin ein kleiner Erfolg. Sie muss jetzt keinen Mann aus dem Kosovo heiraten, den sie nicht kennt. Sie schaute mich an, lächelte und drehte sich um.

Der Abend endete, wir gingen ins Flüchtlingsheim zurück, es war so gegen 22 Uhr. Im Bus sagte ich meinen Eltern, dass Menschen wie Onkel Jonuz es gar nicht verdient hätten, Kinder zu haben. Meine Mutter widersprach mir: „Onkel Jonuz ist kein schlechter Vater, er liebt seine Tochter, doch die Liebe zu ihr ist schwach. Er steht unter Druck. Er denkt, wenn er Aurora mit einem Albaner verheiratet, wird er die Ehre nicht verlieren."

„Warum kann ihm diese blöde Ehre nicht egal sein?", fragte ich.

„Weil er irgendwo ein schwacher Mensch ist", bestätigte mein Vater.

Eltern sollten ihre Kinder immer lieben, immer auf ihre Kinder achten, egal wie die Kinder waren. Ob sie schlechte Noten in Mathe bekamen. Ein Kopftuch trugen. Hässlich und dick waren. Krank waren. Oder eben einen Kroaten heiraten wollten. Eltern haben ihre Kinder zu lieben. Punkt!

An dem Abend war ich aber sehr stolz auf uns: Aurora musste nicht irgendeinen Mann heiraten. Meine Mama hatte deswegen bestimmt Millionen Pluspunkte beim lieben Gott bekommen.

12. Mit dem Herzen sieht man besser

Berlin, 1997

Mein Herz ist groß. Da ist ganz viel Platz. Für alle Menschen. Für meine Eltern, für Madonna, für rote Schuhe, für Schokobrötchen, für große, starke, deutsche Jungs mit sanften Stimmen, so wie Daniel, und natürlich für meine Freunde: Aurora, Bleta, Helena, Thilara, und Salim.

Mein Herz pochte am allermeisten für Menschen, die nicht unbedingt auf der Sonnenseite des Lebens standen. Ich weiß auch, warum das so ist. Weil ich selbst zu diesen Menschen gehöre.

Ich musste ja auch lernen, dass man von heute auf morgen alles verlieren kann, von heute auf morgen eine neue Heimat finden muss.

Ich mochte meine Freunde wirklich alle – aber Bleta war meine liebste Herzensfreundin geworden. Mit ihr teilte ich alles, auch Auroras Schicksal. Ich besuchte Bleta oft nach der Schule. Ich ging fast immer zu ihr. Ihre sechs Geschwister waren rund um die Uhr da. Der Fernseher lief im Hintergrund. Irgendwer kam immer vorbei. Ihre Eltern waren ständig am Arbeiten. Bleta passte meist auf ihre Geschwister auf, weil sie die Älteste war. Bei ihnen war einfach Remidemi angesagt. Bei ihr hatte ich das Gefühl, einfach dazu zu gehören, ein normaler Berliner zu sein, und nicht so wie im Heim ein Flüchtling.

Gleich nachdem das mit Aurora passiert war, ging ich zu ihr. Wir hingen bei ihr im Zimmer rum, aßen Erdnüsse, tranken Cola, hörten Michael Jackson.

Auroras Geschichte verstörte sie ein wenig: „Das ist so wie bei Meleks Schwester, sie wurde auch verheiratet. Herrscht im Kosovo auch der Islam?“, dann trank sie ihre Cola. Ihre blonden Haare hatte sie frisch gewaschen. Sie umarmten ihren ganzen Oberkörper und glänzten wie Seide. Bleta sah wunderschön aus.

„Nein, dort herrscht nicht der Islam. Im Kosovo orientieren sich die Menschen am Kanun. Dieses Buch war vor dem Islam da. Da steht auch drin, dass Mädchen verheiratet werden müssen. Meine Eltern hat keiner zur Hochzeit gezwungen. Und wie ist es bei deinen Eltern?“, frage ich.

„Ich glaube nicht, dass meine Eltern verheiratet wurden, aber ich weiß es nicht genau. Von diesem Kram wusste ich gar nichts, Era!“

„Ich auch nicht. Das habe ich bei Onkel Jonuz gelernt.“

Bleta überlegte noch eine Weile und sagte dann: „Was ist jetzt mit Aurora? Hat sie wirklich deswegen mit Branko Schluss gemacht?“

„Ich weiß es nicht. Sie meldet sich nicht. Ich denke, sie ist traurig, weil ihre Eltern ihr den Kontakt zu Branko verboten haben. Aber ich finde, sie sollte glücklich sein. Immerhin muss sie keinen fremden Mann heiraten. Wenn sie geduldig ist, kann sie ihre Eltern vielleicht mit der Zeit überzeugen, Branko zu akzeptieren“, die Wörter platzen einfach so aus mir heraus.

Bleta trank noch mehr. Dann machte sie die Augen ganz weit auf: „Oder sie haut einfach ab. Sie kann auch in ein Frauenhaus gehen und dann mit Branko zusammen sein.“

„Ja, ich habe ihr auch gesagt, sie soll zu uns kommen, ich würde sogar das Bett mit ihr teilen, aber ich glaube, sie will das nicht“, erklärte ich ihr.

Bleta stand auf, holte noch eine Flasche und füllte die leeren Gläser auf: „Wir wollen nicht so werden wie Aurora“, ihr war es sehr ernst.

„Niemals“, wiederholte ich, „Wir wollen eher werden wie Madonna.“

Dann gaben wir uns einen High Five und stießen mit Cola an.

Dann fügte Bleta noch hinzu: „Was habe ich dir gesagt? Albanische Eltern mögen es nicht, wenn wir mit Jungs ausgehen. Das stört sie. Deswegen muss man diese Dinge für sich behalten", sagte sie.

„Vielleicht hast du recht", sagte ich leise.

„Ich habe recht", sagte sie sicher.

Anschließend machte mir Bleta den Vorschlag, zum Kotti zu gehen. Im Jugendclub würde Salim tanzen. Wir zogen uns warm an und gingen los. Mittlerweile war es schon März, die Sonne zeigte zwar ihr Gesicht, aber es war dennoch eisig kalt.

Da der Jugendclub nicht weit von ihrem Zuhause war, liefen wir. Ich atmete die frische Luft ein, meine Lunge bekam eine Sauerstoffdusche. Als wir an einer Kreuzung ankamen, traute ich meinen Augen nicht. Ein riesengroßes Madonna-Poster, fast viermal so groß wie ich, war vor mir aufgehängt. Sie hatte ein enges goldenes Kleid an, die Haare blond und zusammengebunden, hielt ein Mikro in der Hand und hatte ein Lächeln auf dem Mund. Sie schaute so, als ob sie mich persönlich anschauen würde.

Ich sprang vor Freude in die Luft, herzte Bleta mehrmals und sagte ihr, dass ich sie sehr lieb habe.

„Bleta, du bringst mir Glück. Weil du dabei bist, hängt da plötzlich Madonna!", scherzte ich.

„Era, chill mal, sie ist ein Weltstar. Sie ist überall, sie wird dir noch häufiger in der Stadt begegnen. Sie gibt in Deutschland Konzerte. Schon vergessen?"

Ich hatte in der Tat schon lange nicht mehr so intensiv über Madonna nachgedacht. Mein neues Leben war total aufregend, so dass ich Madonna fast vergessen hatte. Strahlend ging ich in den Jugendclub. Salim war umgeben von vielen blonden Mädels, die ihn anhimmelten. Das sah ich daran, weil sie kicherten – egal, was er sagte. Dabei spielten sie mit ihren Haaren. Dann sah er uns und kam vorbei. Er umarmte Bleta und zu mir sagte er nur „Hey wie geht's." Ich wollte ihm was darauf antworten, aber er hörte mir gar nicht zu, er drehte sich um und ging.

Im Club war viel los, es war laut. Alle redeten durcheinander. Manche tranken Bier. Andere Cola. Dann sah ich von weitem Branko, Muhamet und Hamza. Sie winkten mir zu.

„Erde an Era; aufwachen, hier ist was zu trinken", Bleta hatte ein rötliches Getränk, in der Hand, das Streifen hatte.

„Was ist das?", fragte ich.

„Kiba", sagte sie

„Eine was?"

„Kiba-Kirsch-Bananensaft, schmeckt lecker", sagte sie laut. Dann beobachtete sie die Lage.

Ich nahm einen Schluck. Und ja, es schmeckte herrlich.

„Wow, das ist lecker. Viel besser als Cola", schrie ich.

„Und viel gesünder", meinte Bleta.

Und dann hörte ich nicht einmal meine eigene Stimme. Im Hintergrund lief laute Musik. Michael Jackson: „The way you make me feel." Salim kam auf die Bühne und schwebte davon. Bewegte sich federleicht, flüssig und sah unglaublich schön aus. Die Haare hatte er zusammengebunden, er trug einen schwarzen Hut, ein weißes T-Shirt und eine schwarze Hose. Er sah so aus, als wäre er der jüngere Bruder von Michael Jackson.

Kein Wunder, dass die Mädchen reihenweise in ihn verknallt waren. Salim war ein Tanzgott.

Ich trank mein Kiba, das zu meinem Lieblingsgetränk wurde und tanzte zu Jacksons Liedern. Ich fühlte mich gut. Endlich war ich nicht mehr unter einer Glasglocke, nein, die Glocke war weg, Türen, Fenster, alles war jetzt offen. Ich war mittendrin. Mitten im Leben. Hatte Freunde gefunden. Hatte Spaß. Ich war in der Stadt, in der Madonna Konzerte gab, das fühlte sich so an, als wäre sie meine Nachbarin. Und obwohl ich dieses Flüchtlingsheim nicht mochte, vor allem, weil ich kein eigenes Zimmer hatte, war ich froh. Ich war endlich die serbischen Polizisten los. Meine Eltern und ich waren in Freiheit.

Ich tanzte und vergaß alles um mich herum. Irgendwann tippte mir jemand auf die Schulter: „Era, wir müssen zum Bus, der letzte fährt in 10 Minuten, sonst schließt das Flüchtlingsheim und deine Eltern machen sich Sorgen“, erinnerte mich Bleta.

„Stimmt“, sagte ich. Ich trank noch den letzten Schluck, nahm meine Tasche, Bleta winkte Salim zu und weg waren wir.

An dem Abend wünschte ich mir mehr denn je, ein Konzert von Madonna zu besuchen. „Ich werd‘ rauskriegen, wann Madonna nach Berlin kommt und wie teuer die Tickets sind“, versprach Bleta an der Bushaltestelle.

„Juhuuu“, sagte ich. „Aber welcher Erwachsene könnte uns begleiten, meine Eltern kennen sich nicht gut aus und sprechen schlecht Deutsch.“

Bleta überlegte eine Weile. Wir hatten innerhalb von Sekunden eine Idee: „Frau Schmidt, unsere Englischlehrerin könnte uns begleiten. Sie ist lieb. Sie würde das bestimmt machen“, sagten wir im gleichen Atemzug.

Dann gaben wir uns einen High Five. Mein Bus kam, ich umarmte sie und stieg ein.

Als ich im Bett lag im Flüchtlingsheim und mein Madonna-Poster anschaute, sagte ich mir: Bald, bald werde ich meine Heldin live auf der Bühne sehen. Dann schlief ich ein.

Ein anderer Herzenswunsch war es, endlich einen deutschen Jungen zu küssen. Dieser Wunsch verstärkte sich, seit ich Nachhilfeunterricht bei Daniel bekam. Ich ging zweimal die Woche je zwei Stunden hin. Mein Deutsch wurde immer besser, ich strengte mich ja an, obwohl ich mich nur schwer konzentrieren konnte. Daniel war süß. Da fiel mir das Lernen schon schwer. Aber ich wollte bei Daniel keinen schlechten Eindruck hinterlassen. Ich konnte zwar mittlerweile ganz gut mit ihm reden, aber ich hatte jedes Mal starkes Herzpochen dabei, so dass ich dachte, mein Herz springt jede Sekunde aus meinem Brustkorb.

Wenn er den anderen Mitschülern etwas erklärte, sah er noch viel toller aus. Er hörte sich immer alles sehr genau an, war hilfsbereit, manchmal erklärte er die gleiche Sache dreimal. Und war gar nicht genervt. Er lächelte, motivierte die anderen, sagte gerne: „Du schaffst das." Heimlich warf ich ihm immer wieder verstohlene Blicke zu.

Aber auch Daniel schaute mich oft an. Ich erwischte ihn manchmal, wie er mich beobachtete. Er lachte auch oft über meine Antworten: „Mir gefällt es sehr gut in Deutschland, aber ich hätte nie gedacht, dass hier auch Mathe unterrichtet wird, das hat mich sehr enttäuscht." Das meinte ich natürlich ernst.

Da musste Daniel von ganzem Herzen lachen. Da strahlte sein ganzes Gesicht. „Tja Era, es gibt Regeln, die gelten überall auf der Welt. Da kann man nix dagegen machen", dann klatschte er in die Hände. Ich glaube, er wurde ein bisschen rot im Gesicht, als er das sagte.

Ich redete viel zu viel über Daniel, Bleta hatte es gecheckt. Wieder waren wir bei ihr im Zimmer, aßen Erdnüsse, statt Cola tranken wir Kiba. Ich bestand drauf. Bleta musste oft auf ihre kleineren Geschwister aufpassen, weil ihre Eltern so viel arbeiteten, so dass sie die Wohnung nicht so einfach verlassen konnte.

„Bist du verknallt in ihn?", forschte sie.

„Weiß nicht, es ist nur so, dass ich mich mit ihm wohlfühle, aber gleichzeitig kann ich ihm nur schwer in die Augen schauen", sagte ich.

Sie ließ nicht locker: „Dann bist du verknallt."

Ich schwieg.

Bleta hatte eine Idee: „Dann muss er mit aufs Konzert. So kannst du ihn besser kennenlernen. Lad ihn ein", sie kannte sich mit Jungs eh gut aus. Sie hatte auch schon mehrere Jungs geküsst.

Ich vertraute ihr: „Wenn ich mutig genug bin, frage ich ihn, ob er mit aufs Konzert kommen will."

„Dann sei mutig", bestätigte Bleta.

„Kann ich eigentlich schon irgendwie üben für den ersten Kuss?"

„Nein, sowas kann man nicht üben, mit jedem Typen ist das Küssen anders. Du musst es einfach ausprobieren", sagte sie ganz nüchtern.

Irgendwie beruhigte mich ihre Antwort.

„Das bedeutet ja nur, dass es auch mit jedem neuen Typen, so ist als würde man zum ersten Mal küssen."

„Genauso ist es", sagte Bleta dann gab sie mir einen High Five.

In meiner Klasse war nur kein Junge, der sich für den ersten Kuss geeignet hätte. Die einzigen deutschen Jungs, Stefan und Christian, eignen sich auch ganz gut, aber eben nur für den zweiten oder dritten Kuss. Für den ersten Kuss musste ein ganz besonderer Junge her. Ein Junge, der wie ein schönes Abenteuer aussah und etwas vom Küssen verstand. So jemand wie Salim zum Beispiel. Aber Salim ignorierte mich. Er redete nur mit Bleta. Ich fand das schon sehr seltsam. Komischerweise konnte ich ihm gut in die Augen schauen. Auch wenn mir in seiner Anwesenheit ganz warm ums Herz wurde. Er sah aus wie ein wunderschöner, edler Blumenstrauß aus 100 Rosen.

Salim war wie ein Getriebener. Er hatte zu viel Energie, immer etwas tun, sich bewegen. Zu Ruhe kam er, wenn er tanzte oder betete. Er betete zwar, aber in die Moschee ging er nie. Ein paar Male war er wohl da, aber Bleta erzählte, dass es ihm dort nicht gefallen hätte.

Salim und ich redeten zwar nicht miteinander, aber wir hatten eine Sache gemeinsam: schöne Knopfaugen. Er hatte kräftige Hände und einen aufrechten, graziösen Gang. Seine Haare waren lockig, er trug sie meistens offen. Manchmal sah er aus wie Jesus. Seine leicht braune Haut war rein und glänzte. Er war groß, gut gebaut, sagte immer, wenn er jemanden zum ersten Mal sah: „Hey wie geht's?" – und wenn ihm etwas gefällt, lächelt er verlegen. Nur seine Augen verrieten ihn: sie schauten sehr traurig aus.

Wenn man zu lange in seine traurigen Augen blickte, hatte man das Gefühl, ihn umarmen zu müssen. Ganz fest sogar. Damit man ihm seinen Schmerz wegumarmt. Er war ganz alleine, hatte niemanden, keine Eltern, keine Geschwister, nicht einmal richtige deutsche Papiere. Er wohnte in einer Sozialwohnung bei Bleta im Haus. Teilte sich die Wohnung mit zwei Irakern, zu dritt lebten sie in einer Zweizimmerwohnung. Sie teilten Küche, Schlaf- und Badezimmer. Salim war deshalb auch nachmittags in der Schule, er tanzte viel, trieb sich viel draußen rum und kam nur zum Schlafen in seine Wohnung zurück.

Nun, Salim hätte sich gut für den ersten Kuss geeignet, aber da er nie mit mir redete, kam das nicht in Frage.

Seit meiner Ankunft in Deutschland war ich noch selbstbewusster geworden. Das lag daran, dass ich mich hier vor nichts und niemandem mehr fürchtete. Ich mochte mich, meine haselnussbraunen, dünnen Haare, mein rundes Mondgesicht, meine Knopfaugen. Ich hatte zwar noch nicht so viel Brust, und manchmal dachte ich, dass mein Körper gar keine Hormone produziere, aber ich fand das nicht so schlimm. Ich war erst 15. Meine Brüste würden schon noch wachsen. Zudem fand ich mich lustig, weil ich die Leute oft zum Lachen brachte.

Auch Frau Burstein hatte ich oft zum Lachen gebracht. Im Deutschunterricht hatte ich zum Beispiel die Wörter: Heute und Häute verwechselt. Sie klangen natürlich gleich, bedeuteten aber nicht dasselbe.

Frau Burstein wollte eigentlich ihr Lachen unterdrücken, aber sie konnte nicht. Sie lachte mit dem Herzen. Wenn sie lachte, sah sie freundlich aus, wie Tante Aferdita damals in Prishtina. Mit der deutschen Sprache war das oft so. Vieles klang gleich. Es fiel mir sehr schwer, gleichklingende Wörter auseinanderzuhalten. So war das auch mit: „Hart-Halt, Hund-Und, Hahn-Bahn", um nur ein paar zu nennen. In diesem Fall bin ich genauso wie meine Mutter.

Ich war lieb, meistens – selbst Melek gegenüber. Ich ärgerte sie nie, obwohl sie ständig blöde Sachen zu mir sagte. Sie hatte mich in der Schule mal „aufmüpfige Asylantin" genannt. Ich glaube, das war wirklich eine Beleidigung. Vor der Schule hatte ein neuer Kiosk aufgemacht, in der großen Pause gingen wir hin, um Mohrenkopfbrötchen zu kaufen. Das war auch etwas, dass ich in Berlin lieben lernte. Diese Brötchen waren eine Art Ersatz für die Schokobrötchen von Oma Emine. Da der Andrang vor dem Kiosk so groß war, mussten wir uns anstellen. Alle. Melek kam als Letzte und wollte als Erste bedient werden. Da sagte ich ihr: „Bitte hinten anstellen, wir warten auch."

Sie stellte sich zwar hinten an, aber beleidigte mich dabei. Ich drehte mich um und sagte ihr: „Die Farbe deines Kopftuches gefällt mir heute besonders gut." Es war türkis.

Sie grinste mich blöd an. Mir war das egal, was Melek sagte oder sonst wer. Ich hatte so etwas wie eine innere Stärke entwickelt. Ich konnte es nicht anders beschreiben. Ich hatte das Gefühl, ich könne alles schaffen, Bäume ausreißen, hübsche Jungs küssen, Madonna treffen und die Menschen schützen, die ich liebhabe.

Thilara zum Beispiel ging in meine Klasse. Ich hatte sie sehr lieb, weil sie so ganz anders war als die anderen Menschen, die ich bisher in Berlin getroffen habe. Obwohl sie erst 16 Jahre alt war, sprach sie vier Sprachen fließend. Deutsch, Englisch, Französisch, Tamilisch. Ein Sprachgott – so wie Salim ein Tanzgott war. Thilara war ein Hingucker. Sie hatte langes, gewelltes, pechschwarzes Haar, volle Lippen, eine raue Stimme, eine Haut wie aus Milchschokolade, wofür ich sie am meisten beneidete. Dazu trug sie immer allzu großen Silberschmuck an ihren Ohrläppchen und noch größere bunte Armreifen am Handgelenk. Meistens roch sie nach süßem Karamell. Sie lachte sanft, man erkannte sie von weitem an ihren 150.000 Tüten, die sie immer bei sich hatte und sie laut ihrer Mutter wie eine Obdachlose aussehen ließen. Thilara verwirrte alle Menschen wegen ihres Akzents. Sie sah aus wie Milchschokolade, berlinerte aber. Viele dachten, sie ist ein Flüchtling.

Als ich sie sah und anschließend sprechen hörte, wäre auch ich fast umgefallen. Für mich klang sie so, als würde sie Japanisch sprechen. Ich war grade dabei, das richtige Deutsch zu lernen, und sie berlinerte. Als ich noch neu in der Klasse war, kam sie mit einem breiten Lächeln gleich auf mich zu und fragte: „Bist du ein Flüchtling, du bist neu hier wa'?"

Ich verstand sie zwar nicht, aber ich nickte und lächelte sie an.

Ab diesem Tag waren wir Freundinnen. Wir verstanden uns ohne Worte.

Thilara war kein Flüchtling, sie wurde in Berlin geboren und lebte da auch schon immer. Sie lebte in einer richtigen Wohnung, so wie Helena.

Ihre Eltern waren Tamilen, die in den 70er Jahren aus Sri Lanka nach Deutschland flohen. Ihre Familie gehörte der tamilischen Minderheit an, die von der singhalesischen Mehrheit bekämpft wurde. Also hatte sie eine ähnliche Geschichte wie ich.

Thilaras Familie war damals reich. Ihre Mutter war Ärztin und hatte sogar eine Putzfrau. Ihr Vater war Anwalt. Eines Tages kam die Armee und gab ihren Eltern 24 Stunden, um zu verschwinden, sonst würde man sie verschwinden lassen. Sie gingen. Viele Tamilen gingen nach Kanada, einige in die Schweiz und nach

Deutschland. Illegal. Thilaras Eltern versteckten sich über Tage im Zug und landeten schließlich irgendwo bei Berlin. Nach drei Tagen Gefängnisaufenthalt schickte man sie in ein Asylantenheim. Kurz danach bekamen sie politisches Asyl und bauten sich ihr neues Leben auf. Er als einfacher Arbeiter in einer Fabrik. Sie als Putzfrau. Zwölf Jahre später empfingen sie Thilara auf dieser Welt. Dabei blieb es auch.

„Also, bist du Einzelkind, wie ich. Hast du dir nie Geschwister gewünscht?"

„Nein, ick bin froh, dass ick meine Eltern janz für mich alleene habe", dann grinste sie frech.

Auch sie hatte es schwer mit Melek. Melek sagte oft zu ihr, sie sei: „Schwarz." Oder: „Die Schwarze da hinten."

Thilara machte sich nix daraus. Sie war Hässlichkeiten gewohnt: „Dabei heißt Melek, Engel, wa", sagte sie spöttisch.

Ich konnte es mir nicht verkneifen: „Ja nur weil man Engel heißt und ein Kopftuch trägt, muss man noch lange kein Engel sein."

Sie nickte. Dann mussten wir beide lachen.

Jedes Mal, wenn Melek solche Gemeinheiten zu ihr sagte, nahm ich Thilara in Schutz: „Eine Hirnzelle weniger und du wärst eine Pflanze, Melek", sagte ich dann. Thilara musste lachen. Wenn sie lachte, hielt sie sich den Mund zu und machte Geräusche. Die hörten sich so an, wie wenn Delfine vor Freude quietschen.

Ihr Leben in Berlin war alles andere als schön, zumindest erzählte sie das so. Im Kindergarten wollten die Kinder unbedingt wissen, warum sie sich nie wäscht. Sie gingen zu ihr und berührten ihr dunkles Gesicht mit der Hoffnung, die Schwärze wegwischen zu können. Damals hatte sie gar nicht verstanden, warum die Kinder das so machen. Sie habe gespürt, es sei nichts Gutes gewesen.

Einmal sei sie als kleines Mädchen mit ihrem Vater im Supermarkt Lebensmittel einkaufen gegangen. Plötzlich sei an der Kasse eine alte Frau auf sie zugekommen und habe ihr einen Fünfmarkschein in die Hand gedrückt.

„Hier Mädchen, dat is für dich. Kannste was zu essen koofen, wa?", hätte die alte Frau zu ihr gesagt. Auch heute meinen viele Menschen, sie sei arm und benötige dringend Klamotten oder Geld, weil ihre Haut wie Schokolade aussieht.

Kein Wunder also, dass Thilara sich nicht besonders wohl fühlte. In ihrer eigenen Haut und vor allem in Deutschland.

„Die Deutschen sehen aus wie nicht gebackene Brötchen", sagte sie, wenn sie wiedermal über die Deutschen lästern wollte.

Thilaras Eltern waren streng, obwohl sie keine Muslime waren und nicht diesen Kanun befolgten. Sie waren auch keine Christen. Sie waren Hindus. Sie glaubten daran, dass immer, wenn man stirbt, man woanders wiedergeboren wird. Ich fand diese Religion sehr lustig. Da muss man gar keine Angst vor dem Tod haben. Man wurde ja irgendwo wiedergeboren.

Wie Onkel Jonuz wollte, dass Aurora einen Kosovo-Albaner heiratet, so wollten auch Thilaras Eltern, dass sie einen Tamilen heiraten sollte. Das war der größte Wunsch ihrer Mutter. Und wenn das nicht eintreten würde, dann würde sie diesen Wunsch mit ins Grab nehmen, hätte sie zu ihr gesagt.

Ihre Mutter war ein Fall für sich: Sie kann zwar den leckersten Schokoladenkuchen backen, den ich je gegessen habe, Thilara brachte mir oft ein Stück von zuhause mit, aber sonst ist ihre Mutter wirklich verrückt. Vielleicht war sie so, weil sie ein Hindu war. Wer weiß.

Thilara brachten sie bei, alles zu vermeiden, was mit der Zahl acht zu tun hatte. Die Zahl acht würde Unglück bringen. Ihre Mutter pochte auch darauf, wenn die Sonne schien, im Schatten zu bleiben oder einen Sonnenschirm zu nehmen, damit sie nicht noch dunkler würde. Und wenn sie daran denkt, in Deutschland für immer leben zu müssen, dann sagt sie ganz gemeine Dinge: „Viele Deutsche mögen nüschts Fremdes. Viele Deutsche sind Nazis", sie meinte das auch wirklich so.

„Thilara, sag bitte so etwas nicht. Immerhin haben sie uns hier ein Zuhause gegeben, die Deutschen sind nett. Wo siehst du hier bitte Nazis", versuchte ich sie von ihrem Trip runterzuholen.

„Ja, sie haben uns ein Zuhaue gegeben, weil sie uns brauchen, warum denn sonst?"

Ich hatte keine Antwort. Sie verwirrte mich auch sehr mit ihren Aussagen. Wozu sollten die Deutschen uns brauchen?

Ich mochte Deutschland. Ich zuckte nur mit den Schultern und sagte ihr, sie soll es bitte mit den Gemeinheiten nicht übertreiben. Ich konnte ihre Sicht nicht verstehen, denn ich war in Deutschland verliebt. Aber ich mochte Thilara so sehr, dass ich sie jeden Tag davon überzeugen wollte, was für ein tolles Land Deutschland war.

„Eines Tages gehe ich hier weg. Ich gehe nach Kanada oder Amerika, wo es egal ist, welche Hautfarbe ein Mensch hat."

„Toll, du gehst weg und lässt mich hier alleine mit Melek."

Dann mussten wir beide lachen. Und wieder waren die Delfingeräusche da. Dann musste ich noch viel mehr lachen.

13. Ein Fernseher als offenes Fenster

Berlin 1997

Im Heim hatte mein Vater mit Hilfe von Onkel Jonuz einen Fernseher bekommen. Es war ein altes Gerät, aber es funktionierte. Wir besorgten uns eine große, weiße Satellitenschüssel dazu, so konnten wir viele TV-Programme empfangen und unsere Deutschkenntnisse verbessern. Mit dem Fernseher bei uns im Zimmer war es so, als würde ein viertes Familienmitglied bei uns wohnen. Ich gab dem Fernseher einen Namen: Egon. Das war ein deutscher Name für ältere Männer. Egon war jetzt ein Familienmitglied. Egon kam direkt neben den Esstisch. So konnten wir sitzen, essen, Tee trinken und gleichzeitig fernsehen.

Jeden Abend um 20 Uhr sagte eine etwas unterkühlte blonde Frau die Nachrichten an. Die Frau war blond und blauäugig und leider auch sehr streng. Irgendwie machte sie mir Angst. Sie hatte so eine dunkle Stimme. Klang wie ein Mann, der wir eine Frau aussah.

So schauten wir Abend für Abend die Nachrichten. Wir waren froh, diesen Fernseher zu haben, denn jetzt konnten wir wenigstens beobachten, was in der Welt los war. Da Mama und ich nach wie vor auf die Papiere warteten und Papa noch immer einen Job suchte, freuten wir uns über etwas Ablenkung. Ja, mit dem Fernseher waren wir irgendwie wie eine richtige Familie. Ich finde, jede richtige Familie braucht Kinder und einen Fernseher.

Ich verstand zwar nicht viel von dem, was in den Nachrichten lief, aber ich fand etwas, womit ich mich beschäftigen konnte. Da war diese blonde Frau, die die Nachrichten vorlas. Sie bereitete mir Kopfzerbrechen.

„Papa, warum schaut die Frau so streng aus? Sie spricht schon seit 10 Minuten, wie jeden Abend und lächelt kein einziges Mal dabei", frage ich.

„Sie muss ja auch die Nachrichten seriös rüberbringen, Era, und viele Nachrichten sind negativ, da kann sie nicht dabei lachen. Das wäre doch komisch, oder? Die Leute würden ihr nicht glauben, was sie sagt", sagte mein Vater.

„Ja, aber sie könnte ja wenigstens etwas freundlich schauen, sie macht einem ja Angst", sagte ich.

„Na, übertreibe es mal nicht Era, sie macht nur ihren Job und den macht sie gut", so mein Vater.

Und so beobachtete ich diese Frau im Fernsehen von Abend zu Abend. Ich zählte auf, wann sie während der Sendung mal ein Lächeln rüberbrachte. Ich überlegte sogar lange, warum sie so ernst schaute. Ich hatte die wildesten Gedanken. Vielleicht war sie unglücklich über ihre Arbeit und ging da nicht gerne hin, oder sie hatte auf dem Weg zur Arbeit ihren Geldbeutel verloren, oder ihr Chef hatte mit ihr geschimpft. Aber vielleicht machten sie auch diese schrecklichen Nachrichten, die sie vortragen musste, traurig. Es konnte wirklich alles sein.

Und dann, eines regnerischen Abends, sagte die blonde unterkühlte Frau im Fernsehen, dass im Kosovo Krieg ausgebrochen war. Ich hatte eine Tüte Erdnüsse vor mir, die aß ich am liebsten, ich aß auch gerne viel Erdnüsse auf einmal, aber bei dieser Nachricht blieben mir die Erdnüsse im Hals stecken.

Im Fernsehen waren schreiende Kinder, weinende Frauen, tote Männer, Polizisten mit Gewehren in den Händen, deren Gesichter man nicht sehen konnte, weil sie schwarze Masken aufhatten. Innerhalb von Sekunden weinte ich. Hunderte Tränen kullerten mir die Wange herunter.

Und was ist mit Oma Emine? Und mein Schulfreund Gezim? All die Verwandten und Nachbarn in Prishtina. Was war mit ihnen? Waren sie schon tot?

Auch meine Eltern waren geschockt: Meine Mama weinte. Mein Papa war wie versteinert. Er saß auf seinem Metallstuhl und starrte den Fernseher an. Nach etwa 15 Minuten ging er runter, im Aufenthaltsraum war ein Telefon, er versuchte, Oma Emine anzurufen. Als er wiederkam, meinte er, Oma sei unverletzt, die serbischen Polizisten hätten zwar ihr Haus durchwühlt, sie hatten nach Waffen und Geld gesucht. Als sie nichts gefunden hätten, wären sie gegangen. Ihr ging es zwar gut, sie sei aber ganz alleine. Der Sonnenberg, also die Gegend wo Oma wohnte, sei fast leergefegt. Alle seien weg. So traurig hatte ich meine Eltern schon lange nicht mehr gesehen – zuletzt, als Onkel Agim starb.

„Der Kosovo macht nur Ärger, nur schlechte Nachrichten kommen daher. Immer, wenn ich denke, es geht uns gut, wir sind glücklich, kommt der Kosovo dazwischen. Bringt unser Leben durcheinander. Immer mit schlechten Nachrichten", meinte ich dazu.

„Ah, Era", mein Papa umarmte mich. „Der Krieg im Kosovo ist nix im Vergleich zu dem letzten Krieg hier. Millionen Menschen sind im Zweiten Weltkrieg gestorben." Millionen hört sich ganz schön viel an. Trotzdem schmerzte es in der Brust, zu wissen, dass viele Menschen jetzt Angst im Kosovo hatten.

„Willst du vielleicht zu Bleta gehen, oder Aurora, vielleicht ist es ganz gut, sie bringen dich auf andere Gedanken", meinte der Papa.

„Nein, ich bleibe hier", sagte ich.

Dann warf ich dem Madonna-Poster über meinem Bett einen Blick zu und fühlte mich wie mit zwölf, als wir noch in Prishtina lebten.

Seit dem Abend mochte ich die unterkühlte Frau, die die Nachrichten vorlas, überhaupt nicht mehr. Sie war bei mir unten durch. Sie war von nun an nur noch da, um Schreckensmeldungen zu verkünden. Was für eine schreckliche Arbeit diese Frau hatte. Ob sie dafür viel Geld bekam, fragte ich mich.

Und trotzdem schaute ich mir jeden Abend die Nachrichten an, die immer schlimmer wurden. Im Fernsehen sah man Menschen im Kosovo, die aus ihren Häusern vertrieben wurden. Kinder, die nicht mehr zur Schule gingen, draußen auf den Feldern übernachteten. Die Menschen machten sich auf den Weg nach Deutschland oder die Schweiz, manche von ihnen zu Fuß.

Egal, bei welchem Wetter. Viele von ihnen hatten kaum etwas an, einige waren sogar im Schlafanzug unterwegs. Sie wollten nur weg, vor dem Krieg fliehen.

Meine Eltern riefen immer wieder die Oma an, sie sagte immer wieder, es gehe ihr gut. Aber vielleicht sagte sie auch nicht die Wahrheit? Dass sie sooo alleine war, machte mir Herzschmerzen. Ich konnte nicht aufhören zu weinen. In meiner Vorstellung wurde sie von serbischen Polizisten in ihrem Garten hin und her geschubst, verletzt. Sie war alt und gebrechlich.

Meine Eltern versuchten, mich zu beruhigen: „Era, Oma Emine wird nichts Schlimmes passieren, diese Männer interessieren sich für junge Menschen."

Diese Erklärung fand ich irgendwie logisch, aber meine Eltern hatten mir schon oft die Realität schöngeredet, warum nicht auch dieses Mal.

Meine Eltern hatten ganz andere Sorgen. Sie regten sich über die kosovo-albanischen Politiker auf. Das hörte ich, als ich nachts nicht schlafen konnte.

„Die serbischen Politiker sind clever, sie haben eine gute Lobby, sie werden töten, die Menschen vertreiben, und trotzdem vor der Weltgemeinschaft als Opfer dastehen. Das haben sie immer schon so gemacht, schau dir die Geschichte an, sie waren nie die Bösen, egal was sie angerichtet haben", sagte mein Vater zu meiner Mutter.

Meine Mutter sagte erstmal nichts und dann: „Vielleicht stellen sich unsere Politiker nicht so dumm an, vielleicht werden sie klug handeln, das weißt du nicht." „Vielleicht hast du recht. Das hoffe ich sehr", sagte mein Vater.

„Eigentlich brauchen wir so einen Helden wie Skanderbeg. Der hat die Türken bekämpft. Wenn er noch am Leben wäre, wüsste er sich klug zu verhalten und würde auch die Serben bekämpfen."

Sie sagten sich gute Nacht, nahmen sich in den Arm und versuchten einzuschlafen.

Dieser Mann namens Skanderbeg war mal ein Fürst und Kämpfer. Er ist ein großer Held für uns, weil er für die Rechte der Albaner gekämpft hat, als die Türken den Islam verbreitet haben. Das erzählte mir Onkel Agim, als ich noch ganz klein war. Ich habe es nicht vergessen.

14. Küss' ich dich?

Berlin, 1997

Seit den schrecklichen Nachrichten aus dem Kosovo waren ein paar Wochen vergangen. Ich beruhigte mich etwas. Meine Eltern erzählten mir, dass der Krieg im Kosovo nicht lange dauern wird, und dass die Menschen schnell Hilfe erfahren werden. Ich glaubte ihnen. Sie meinten, ich solle mich lieber auf mein Leben in Berlin konzentrieren. Und damit hatten sie recht. Mein Leben spielte sich nicht mehr in Prishtina ab, sondern in Berlin. Daran hielt ich mich. Das schlechte Gewissen begleitete mich. Irgendetwas sagte mir, dass ich mehr Glück hatte als Gezim und andere Menschen im Kosovo.

So kam der Tag der Tage und ich näherte mich meinem größten Wunsch: Madonna trat in Berlin auf.

Bleta hatte das herausgefunden und Tickets reserviert. Damit bewies sie mir, dass sie eine wirkliche, echte Freundin war. Sie war viel mehr als das für mich. Sie war eigentlich wie eine Schwester geworden. Zum Madonna-Konzert wollten wir alle zusammengehen: Thilara, Salim, Helena und Bleta. Sogar Melek und Ibrahim, Stefan und Christian hatten sich für die Idee begeistert.

Frau Schmidt, die Englischlehrerin, war tatsächlich Feuer und Flamme. Sie sagte: „So etwas ist ein schöner Ausflug. Das wird eure Truppe enger zusammenbringen. Ich werde das organisieren und Daniel mit ins Boot holen, denn ich brauche Unterstützung. Er will bestimmt auch mitkommen."

Das war eine noch schönere Nachricht für mich, denn so musste ich Daniel nicht selbst fragen.

Frau Schmidt hatte für uns die Tickets gekauft, die sehr teuer waren. 80 Mark kostete ein Ticket. Da viele von uns nicht so viel Geld hatten, legte die Schule einiges dazu. An dem Abend durfte ich bei Bleta übernachten, denn es würde spät werden. Das

Flüchtlingsheim hätte dann schon zu und ich würde nur schwer reinkommen.

Meine Eltern waren vor dem Konzert genauso nervös wie ich. Sie waren aber auch sehr glücklich, dass einer meiner größten Träume in Erfüllung ging.

„Siehst du Era, was hat Oma Emine gesagt: Man darf nie aufhören, das Glück zu suchen, dann wird man es auch finden“, scherzte der Papa.

Er schaute mich ganz stolz an. Da war in jedem Fall was dran, dachte ich.

Meine Mutter lächelte mich an. „Weißt du schon, was du anziehen willst?“

„Nein, noch nicht, ich schau mal, was die anderen Mädels anziehen.“

„Zieh dich aber nicht so warm an, weil es drinnen bestimmt heiß ist. Und nimm' nicht so viel Kram mit. Keine großen Taschen. Dann bist du leichter, kannst besser tanzen. Deine Lehrerin wird bestimmt eine Kamera dabei haben um Fotos zu machen, so einen Moment muss man festhalten.“

Mein Vater fügte noch hinzu: „Pass gut auf, vermeide Leute die viel trinken, denn, wenn sie betrunken sind, springen die wie verrückt, sie könnten dich verletzen.“

„Sonst noch was, was ich wissen müsste, ihr Angsthasen?“

Beide lachten und sagten: „Nein! Hab einfach Spaß, Era! sing mit, tanz‘ mit. Du bist 15 und dein erstes Konzert ist gleich die Queen of Pop!“ Sie knutsche mich ab. Beide brachten mich zum Bus, umarmten mich und wünschten mir viel Spaß.

Wir Mädels, Thilara, Bleta und ich trafen uns alle bei Helena zu Hause. Salim würden wir vor der Konzerthalle treffen. Das Konzert ging um 20 Uhr los. Bei Helena stylten wir uns auf, probierten schöne Kleider aus, schminkten uns und lachten von Herzen. Zum Madonna-Konzert geht man nicht einfach so.

Helena wohnte in einem großen Haus, so groß, dass wir da alle hätten wohnen können. Wir waren in der Küche, tranken Saft gemischt mit Bier, was ehrlich gesagt eklig schmeckte, und sprachen alle durcheinander.

Thilara scherzte über Bleta: „Du siehst gar nicht aus wie eine Ausländerin, mit deinen blonden Haaren könntest du locker eine ostdeutsche Uschi sein."

Bleta war nicht auf dem Mund gefallen: „Ey, Uschi. Kannst du den Satz auch rückwärts sagen?", dann streckte sie ihr die Zunge raus.

Da drehte sich Bleta zu mir: „Die ist immer so oberflächlich und so negativ. Also, ich verstehe nicht, warum du die mitgenommen hast."

„Weil sie eigentlich sehr nett ist und ich sie liebhabe, deswegen", diesmal streckte ich ihr die Zunge raus.

Dann ging ich ins Bad.

Das Bad bei Helena war genauso groß wie unser Familienzimmer im Flüchtlingsheim. Es war so hell, es duftete so gut, in einer Ecke war ein Sofa, man konnte sich hinsetzen und sich die Fingernägel anmalen oder in bunten Zeitschriften blättern. Ich setzte mich hin. Ich hörte nur Gelächter von nebenan. Mir gegenüber war ein Schrank mit Pflegeprodukten, so viele, das hätte für das ganze Flüchtlingsheim gereicht. Ich hielt meine Nase an eine noble Creme-Tube. Sie roch nach Honig und Milch. Damit schmierte ich mir die Hände und mein Dekolleté ein. Ganz langsam. Und dann sah ich mich im Spiegel. Ich erschrak ein wenig, weil ich den Spiegel erst nicht bemerkt hatte. Es war ein großer Spiegel mit einer angenehmen Beleuchtung. Ich sah hübsch aus, irgendwie erwachsen. Dann berührte ich meine Hüfte und meine Brüste, ich glaubte, sie waren gewachsen.

Innerhalb so kurzer Zeit hatte ich irre viel erlebt. Neue Freunde gewonnen und in wenigen Monaten ganz gut Deutsch gelernt – und dann würde ich Madonna sehen. Mein sehnlichster Wunsch ging in Erfüllung.

Jetzt war Frühling – ich wusste, dass ich Glück hatte. Wie viele Mädchen in meinem Alter auf der Welt hatten die Möglichkeit, ein Konzert von Madonna in Berlin zu besuchen? Ganz wenige, davon war ich überzeugt. Meine Eltern waren meine Helden, weil sie nach Berlin gekommen waren. Sonst hätte ich Madonna für den Rest meines Lebens nur aus dem Walkman gehört. Als ich noch in Gedanken war, klopfte es an der Tür. Bleta kam rein.

„Era, kannst du meinen Reißverschluss zumachen?“

„Ja, klar, ohhhh, schön schaust du aus, die Bluse steht dir. Dieses schöne Grün passt zu deinen Augen. Und der rote Lippenstift passt gut zu deinen blonden Haaren“, sagte ich.

„Hach, danke, du schaust auch wunderschön aus Era, dein gelbes Kleid steht dir auch gut. Wir sind eh alle bunt angezogen. Naja, mit Ausnahme von Salim und Thilara. Die sehen so normal aus. Weißt du was mit den beiden ist? Haben sie keine Lust aufs Konzert?“

„Ist Salim doch da? Ich dachte wir treffen uns dort mit ihm.“

„Ja er ist vorhin gekommen, aber er sieht so normal aus, auch so bocklos.“

„Ich kann das kaum glauben. Er schaut immer gut aus. Ich finde, er sieht aus wie ein Filmstar, egal was er anhat“, sagte ich.

„Era, Era, diese Jungs haben dir ganz schöööön den Kopf verdreht“, hauchte Bleta, während sie mir die Augen schminkte.

„Vielleicht“, sagte ich grinsend.

„Steh doch dazuhuu“, sagte Bleta.

„Dazuhuuu“, äffte ich sie nach.

Dann lachten wir beide.

„Aber Thilara ist schon komisch, sie redet auch nicht viel. Ich habe das Gefühl, sie hat Angst“, sagte Helena.

Ich zuckte nur mit den Schultern.

„Sie ist oft gemobbt worden, weil sie wie Milchschokolade aussieht, deswegen sollten wir netter zu ihr sein."

„Oh Era, du und deine Umschreibungen. Sag doch einfach; sie ist schwarz", sagte Bleta genervt.

„Neeeee, ich sage Schokolade."

„Ohhhh Mann, du hast aber Probleme, Era!"

Bleta hatte ihre eigenen Sorgen: „Freunde von meinen Eltern, die in Bayern Asyl beantragt hatten und seit Jahren dort leben, sind letzte Nacht nach Mazedonien abgeschoben worden. Stell dir das vor! Jetzt haben wir Angst, dass uns das auch blühen könnte."

„Waaaas? Sind die Deutschen denn verrückt, wie können sie denn die Leute in ein Kriegsgebiet zurückgehen lassen?"

Bleta zuckte mit den Schultern: „Weiß nicht."

Und dann riefen alle. „Eraaaaa, Bletaaaaaa, es geht loooooos."

Unser Gespräch wurde unterbrochen. Wir mussten los.

Frau Schmidt war mit einem VW-Bus gekommen. Drinnen saßen Melek, Ibrahim, Christian und Stefan. Alle sahen cool aus. Melek hatte ein pinkes Kopftuch. Als wir einstigen, sah ich zum ersten Mal, dass sie uns beneidete. Sie sah unsere bunten Kleider, unsere Schminke und unsere gute Laune. Ihre Blicke wanderten überallhin.

Dann sagte ich ihr: „Dein Kopftuch sieht cool aus, Melek." Sie tat so, als hätte sie es nicht gehört. Danke, hätte sie ja sagen können, tut ja nicht so weh, dachte ich.

Im Wagen lief schon Musik von Madonna. Wir sangen laut, so dass man sein eigenes Wort nicht verstehen konnte. Frau Schmidt sagte, dass Daniel schon da war und auf uns wartete. Als ich seinen Namen hörte, klopfte mein Herz. Salim saß, wie Melek, mir gegenüber. Er war sehr nachdenklich. Dann sah er, dass ich ihn beobachtete: „Was gibt's Era?", fragte er genervt.

„Nix, ich schau dich nur gerne an, ist das verboten?"

„Nee, nervt aber. Bin ja keine Schaufensterpuppe“, sagte er.

Ich musste kichern. Ich hatte keine Zeit, darauf zu antworten, denn wir kamen schon an. Die Konzerthalle in Friedrichshain war ein riesiges Gebäude – und so viele Menschen strömten darauf zu, wie bei einer Demo. Die Gegend war toll beleuchtet. Ich hatte Kribbeln, nicht nur im Bauch, sondern überall im Körper. Die Menschen sangen, tranken Bier, sahen sorgenfrei aus und waren gut angezogen. Darunter waren junge, alte, Männer, Frauen. Madonna war ein großer Star, viel größer als ich je gedacht hatte. So viele Menschen kamen hierher, um sie singen zu hören, so viele Menschen himmelten sie an. Und ich war eine davon.

Und dann erkannte ich in der Menge Branko und Aurora knutschend. Ihr schien es wieder besser zu gehen. Wir hatten uns seit dem letzten Treffen nicht gesprochen, weil sie sich nie meldete. Aber als ich sie so sah mit Branko, freute sich mein Herz. Ich sagte Frau Schmidt, dass ich kurz zu ihnen rübergehe, um Hallo zu sagen. Frau Schmidt nickte. Als Aurora mich sah, war sie völlig von den Socken: „Era, mit wem bist du hier?“

„Mit der Schulclique, gehen auch aufs Konzert“, sagte ich grinsend, aber auch stolz.

„Toll“, rief sie. Branko lächelte mich an, war aber irgendwie auch nervös, er bewegte seine Füße so komisch, so als wollte er wegrennen.

„Bist du jetzt richtig mit ihm zusammen? Wie schön, Aurora“, sagte ich.

„Ich bin wieder mit ihm zusammengekommen, aber meine Eltern wissen nichts davon.“

„Ich werd nix sagen. Freut mich, dass es dir besser geht“, sagte ich. „Ich muss ... wollte nur kurz Hallo sagen. Freu mich echt, dich hier zu sehen.“

Ich drückte sie ganz fest.

„Schön, ich freue mich auch dich zu sehen. Was für ein Event!“, rief sie und riss die Arme zum Himmel.

Auroras Freude wirkte nicht echt. Ich fühlte eine komische Kälte. Sie war nicht mehr die Alte.

Ich kam zur Gruppe zurück und stand plötzlich genau neben Daniel.

Und wieder klopfte mein Herz sehr laut. Ich hatte schon Angst, er könnte es hören. Ich umhüllte mich mit meinem Schal.

Daniel roch so gut, dass ich ihn am liebsten sofort umarmt hätte. Er sah toll aus, war ganz in schwarz angezogen. Er kam mir echt groß vor. Er lächelte, als er mich sah: „Hi Era, na freust du dich?“

„Und wie!“, antwortete ich. Zum Glück war es dunkel und so konnte er mein feuerrotes Gesicht nicht sehen.

Wir schoben uns weiter nach vorne. Die Sicherheitsleute ließen uns rein. Wir kämpften uns in die Nähe der Bühne. Alle waren gespannt. Bleta und Salim tuschelten, Helena, und Thilara erkundeten den Schmuck des anderen, Melek, Ibrahim, Stefan und Christian blieben ein wenig für sich.

Daniel, ich und Frau Schmidt waren auch voller Vorfreude. Frau Schmidt trank Wasser, weil sie noch Autofahren musste. Daniel trank Bier. Und ich freute mich sehr, dass das alles so gut geklappt hatte. Ich drehte fast am Rad, sprang ständig hin und her. Und dass Daniel an dem Abend mitkam, war ein besonders Zusatzgeschenk. In seiner Nähe fühlte ich mich sicher und mehr als wohl.

Wie konnte es sein, dass man einen Menschen nicht lange kennt, das sich aber so anfühlt, als würde man ihn schon immer kennen?

Ich beobachtete ihn heimlich. Wenn er Bier trank, verzog er gar nicht mal seine Mundwinkel. Das Bier floss einfach so in seinem Mund. Das sah cool aus. Er unterhielt sich mit Frau

Schmidt, ganz lässig, als würde er das jeden Tag machen. Er war gerade 18 geworden und wirkte so ruhig.

Ich stand da, inmitten von tausenden Menschen und dachte: Noch vor ein paar Monaten war ich im Kosovo, wie unter einer Glocke. Jetzt bin ich auf dem Madonna-Konzert mit einem hübschen Jungen an meiner Seite, den ich am liebsten auf der Stelle abknutschen würde.

Und dann wurde ich hellwach. Madonna, die Queen of Pop kam mit Knall, Licht und Rauch auf die Bühne. Ich flippte total aus. Ich sprang hoch und rief ihren Namen ganz laut. Ich konnte überhaupt nichts mehr hören, die Halle tobte.

Madonna hatte ein schwarzes Kostüm an, ihre Brüste guckten fast raus, die blonden Haare hatte sie eng zusammengebunden, war stark geschminkt; und um sie herum waren 20 Tänzer. Darunter auch welche, die wie dunkle Schokolade ausschauten.

Sie rief nur: „Heyyy, my German babes!"

Die Masse schrie so laut. Alle waren wie im Wahn. Sie beherrschte die Bühne und elektrisierte mich.

Mit „En Vogue" starte sie die Show. Und dann folgten, „Express Yourself", „Like a prayer", „Lucky Star", „Papa don't preach", all die Lieder, die ich früher aus dem Walkman kannte, sang sie nun live vor mir.

So muss das sein, wenn das Leben zu einem gut ist, dachte ich. Ich sah, dass Madonna eine ziemlich fitte Frau war. Diese ganzen Tanzeinlagen waren so einstudiert, jede Bewegung saß perfekt. Madonna schien nichts dem Zufall zu überlassen. Absoluter Wahnsinn. Licht, Tänzer, Sound. Irre.

Ich tanzte, sang mir die Seele aus dem Leib und war nassgeschwitzt.

Nach zwölf Songs gab es eine Pause. Ich musste aufs Klo, ich hatte zu viel getrunken. Daniel begleitete mich. Die Schlangen waren ewig lang. Daniel wartete mit mir. Er sagte nix. Wir standen da und schauten uns nur an und grinsten. Komisch, manchmal redete man mit Menschen kein Wort und das sagte trotzdem sehr viel. Ich war wie im Traum, dieses Konzert machte mein Gehirn und meinen Bauch voll mit Glück.

Und dann tippte mir Daniel auf die Schulter, zeigte auf die Frauenschlange und meinte nur: „Du kannst."

Ich ging. Als ich mir danach die Hände wusch, sah ich mich im Spiegel noch einmal, meine Haare waren total zerzaust, mein Gesicht glitzerte, mir war heiß, ich schwitzte, weil ich wie eine Verrückte getanzt hatte. Ich wusch mir die Hände, das kalte Wasser erfrischte mich, machte mir die Haare zurecht und lief zurück. Und da wartete Daniel mit seiner Flasche Bier in der Hand und sah ganz lässig aus.

„Geht es schon weiter?", fragte ich laut.

„Sie zieht sich noch um, typisch Frau", lachte er.

Ich weiß nicht, was mit mir los war, aber er hatte gerade seinen letzten Satz ausgesprochen, da ging ich einen Schritt auf ihn zu, schnappte mir sein Gesicht und gab ihm einen Kuss mitten auf dem Mund.

Ich glaube, in dem Moment dachte ich, ich sei Madonna oder so. Zu meinem Glück erwiderte Daniel meinen Kuss. Er erschrak nicht, sondern hielt mich ein bisschen fest. WOW. Seine freie Hand berührte sanft meine Wange, seine Zunge berührte nur leicht meine. Ich hatte das Gefühl zu schweben. Meine ganze Seele, mein ganzes Ich wurden wachgeküsst.

Der Kuss dauerte ein paar Sekunden, mir kam er vor wie eine halbe Ewigkeit. Wenn es nach mir ginge, hätte ich Daniel noch viel länger geküsst. Wir liefen zu unserer Clique zurück, als wäre nix passiert. Daniel grinste und wirkte noch lässiger als vorher.

Madonna kam zurück auf die Bühne, diesmal war sie ganz in weiß angezogen. Ihr Kleid sah aus wie die Gardinen bei Oma Emine im Wohnzimmer. Ganz in weiß, dünn, federleicht.

Madonna rief immer wieder: „My German babes, how are you doing? Enjoying yourselves?"

Dann lief „Take a bow", „Into the groove" und „Holiday."

Alle sahen so glücklich aus, vor allem Helena und Bleta sangen wie die Verrückten:

„Holidaaaaaaaay,
celebrate,
holiday,
celebrate,
If we took a holiday
Took some time to celebrate
Just one day out of Life
It would be so nice."

Ich glaube, sie waren betrunken – vor Glück und Cola.

Ich fühlte mich auch betrunken, ich hatte einen Jungen geküsst auf einem Madonna-Konzert. Diese Madonna hatte nicht nur mein Leben in Prishtina gerettet, jetzt macht sie aus mir eine super-glückliche Era.

Als das Konzert dem Ende zuging und wir aus der Konzerthalle rausgingen, sahen wir, dass Salim weg war. Frau Schmidt schlug vor, noch ein wenig zu warten. Wir warteten eine halbe Stunde. Dann packte Bleta aus.

„Er wird nicht kommen. Wir können warten, wie wir wollen. Ich dachte, er zieht das nicht durch ... ich denke, er kommt nicht mehr. Er hat Angst, nach Afghanistan abgeschoben zu werden und versteckt sich lieber in Berlin", sagte Bleta.

Draußen war zwar ein Hauch Frühling zu spüren, aber es war doch noch immer etwas kalt. Wir alle waren nassgeschwitzt. Und froren. Wir waren aber auch sprachlos und erschöpft. Frau Schmidt war am Ende mit ihrem Latein. Sie trug die ganze Verantwortung für uns. Die Arme, sie musste sich dafür bald vor den Behörden rechtfertigen.

Die Stimmung war im Keller.

15. Freunde muss man festhalten

Berlin, 1997

Als ich am nächsten Morgen bei Bleta aufwachte schien nichts mehr wie vorher. Zum einen war ich wie befreit, ich hatte Madonna live gesehen. Ich kam mir ziemlich mächtig vor. Ich hatte jetzt erst recht das Gefühl, ich könnte alles im Leben erreichen. Frau Schmidt gewann ebenso an Bedeutung für mich. Sie hatte ihr Versprechen gehalten und mir damit einen großen Traum erfüllt. Und dann hatte ich einen Jungen geküsst. Einen deutschen Jungen, wohlbemerkt!

Ich kam mir sehr cool vor.

„Guten Morgen, Eraaaaaa", Bleta stand neben dem Bett mit zwei Tassen Tee in der Hand. Sie war schon früh wach. Sie sah so aus, als wäre sie frisch aus einem Model-Katalog gesprungen, ihre blonden Haare zu einem Zopf zusammengebunden. Die Wimpern dick mit Tusche geschminkt, große, runde Ohrringe an. Dazu eine schwarze Hose und einen Kapuzenpulli in pink.

„Guten Morgen", sagte ich verschlafen. „Warum bist du so früh wach?"

„Ich musste Frühstück machen für meine Geschwister. Die jüngeren sind immer so früh wach. Und, gut geschlafen?"

„Ja, habe wie eine Tote geschlafen", sagte ich. „Wo sind deine Eltern?", wollte ich wissen.

„Die sind arbeiten", sagte Bleta.

„Waaas, auch am Sonntag?"

„Ja, auch am Sonntag", fügte sie hinzu.

„Und was kann man am Sonntag arbeiten?"

„Putzen geht immer", sagte sie schulterzuckend. Dann reichte sie mir den Tee. „Ingwer, Honig, Zitrone. Probiere mal. Vielleicht schmeckt es dir. Weil ich das Zeug trinke, werde ich nie krank", sagte Bleta.

Ich nahm einen Schluck und verbrannte mir fast die Zunge: „Ahh, heiß, mhh ... und bitter, ich brauch mehr Honig." Ich stand auf und ging in die Küche. Bletas kleinere Geschwister saßen herum, tranken auch diesen Tee, aßen Cornflakes mit Müsli und Bananenstückchen und sahen friedlich aus.

Als ich zurückkam, war Bleta am Grinsen.

Mein Tee war jetzt süß genug.

„Man merkt, dass du Einzelkind bist. Du benimmst dich wie eine Prinzessin, Era", sagte Bleta zum Spaß.

„Aber warum denn, ich weiß einfach, was ich will."

„Ja, ja, Era, gestern als wir bei Helena waren haben wir uns alle im Zimmer umgezogen, du bist dafür ins Bad gegangen. Siehst du, doch Prinzessin", dann streckte sie mir die Zunge raus.

„Haha, ich brauche halt viel Platz für mich. Ja, vielleicht liegt es auch daran, dass ich Einzelkind bin. Aber eine Prinzessin bin ich auf gar keinen Fall", sagte ich und trank noch den letzten Schluck Tee.

Danach machte ich mich fertig.

Als ich zu Tür ging, sagte ich ihr: „Ich bin sehr glücklich, dass du beim Konzert dabei warst. Das werde ich nie vergessen. Ich habe dich sehr lieb."

„Ich habe dich auch sehr lieb, Era."

Dann umarmten wir uns. Ich ging ins Flüchtlingsheim.

Es war ein Sonntag. Ich wollte unbedingt mit meinen Eltern frühstücken. Mama hatte versucht, Schokobrötchen zu machen, Tee gekocht, Eier gebraten, Käse aufgetischt. Ich aß wie ein Weltmeister. Unsere Bleibe war zwar mini-klein, aber mittlerweile war es gemütlich darin. Mama hatte ein paar Blumen gepflanzt, gelbe Gardinen aufgehängt, rote Decken auf die Betten ausgestreckt. Es sah gar nicht mehr so schlimm aus. Dieses Zimmer war unser Heim.

Ich erzählte meinen Eltern beim Essen fast alles brühwarm. Gut, dass mit dem Kuss behielt ich für mich, ich glaube Bleta hatte recht, Eltern müssen nicht immer alles wissen. Aber alles drum herum. Vor allem, dass ich Aurora getroffen hätte.

Sie waren auch sehr froh, dass ich endlich diese Madonna live sah. Ich hatte sie ja über die Jahre damit genervt. Als ich über das Konzert erzählte, strahlte meine Mutter vor Freude und mein Vater grinste und schüttelte nur den Kopf.

Dann sagte er zu meiner Mutter: „Was dieses Mädchen sich in den Kopf gesetzt hat, bekommt sie auch."

„Sie ist ja auch deine Tochter", sagte sie zu ihm.

Ich war zwar auf der einen Seite im siebten Himmel, aber auf der anderen Seite war ich auch sehr traurig. Ich war hin und hergerissen. Ich erzählte ihnen von Salims Verschwinden. Meine Eltern waren besorgt um ihn, aber nicht wirklich überrascht.

„Es werden immer mehr Leute abgeschoben, auch hier im Flüchtlingsheim. Aber er war so lange in Deutschland. Er hatte gute Chancen, für immer hier zu bleiben. Wie konnte der arme Junge einfach so verschwinden", fragte Mutter.

„Hat ihn vielleicht jemand abgeholt? Hat er Verwandte hier?", fragte mein Vater.

„Er ist bestimmt in einer Moschee untergetaucht. Sie brauchen junge Leute, die sie für ihr radikales Zeug gewinnen können."

„Nein, Papa, Salim betet nur ab und zu, das macht ihn doch noch lange nicht zu einem radikalen Moslem. Außerdem geht er nie in die Moschee. Er mag es dort nicht", sagte ich genervt.

„Ich hoffe, du hast recht, Era."

„Ich wünsche ihm nur das Beste, ich mag Salim und hoffe, er hat es gut da, wo er grad ist", dann kullerten mir ein paar Tränen herunter.

Bleta hatte recht, vielleicht war ich eine Prinzessin. Entweder schwebte ich schnell davon auf der siebten Wolke, oder ich heulte herum. Aber was soll ich machen. Die Tränen kamen nun mal schnell bei mir.

Der Gedanke, dass Salim so alleine war, machte mich unendlich traurig.

Meine Mutter beruhigte mich, indem sie mich umarmte und mir sagte: „Er ist ein Überlebenskünstler, er weiß sich zu helfen, mach dir nicht so viele Sorgen, lass ein paar Wochen vergehen und er wird sich melden."

Bei all den Geschehnissen waren meine Eltern gar nicht dazu gekommen, mir die eigentlichen Neuigkeiten zu erzählen.

„Era, Fräulein. Hör mal." Er nickte hinter sich Richtung Tisch, auf dem zwei Umschläge lagen.

„Eure Papiere sind gekommen, Mama und du dürft in Deutschland bleiben. Wenn wir weiter gut Deutsch lernen, erfüllen wir alle Voraussetzungen, sogar eine eigene Wohnung zu bekommen. Es dauert allerdings noch ein bisschen, bis das Amt für uns eine Wohnung findet."

Ich fragte erstaunt: „Wow, wir bekommen dann eine Wohnung, wie Helena und Thilara und wie die richtigen Deutschen hier?"

„Ja, genauso sieht es aus", sagten meine Eltern und schauten sich an.

Dann weinte ich noch mehr. Es waren Freuden- und Trauertränen zusammen.

„Aber Era, hör doch jetzt mal auf zu weinen, ich ertrage das nicht mehr. Es gibt doch keinen Grund dafür."

Ich war so durcheinander und hatte seit gestern so viele Eindrücke gesammelt, dass ich mich ausruhen musste. Ich hörte zwar ab und zu das Geschirr klimpern, aber ich döste friedlich. Als ich gegen Abend aufwachte, sagte ich meinen Eltern, dass ich zu Bleta gehen möchte.

„Aber ihr habt euch doch grad gesehen, du hast dort gestern Nacht sogar übernachtet, da willst du schon wieder hin?“, wunderte sich meine Mutter.

„Ich will sie zu Salim befragen. Vielleicht weiß sie was“, sagte ich.

Und weg war ich.

In der Sozialwohnung von Bleta war die Hölle los. Seit Salim verschwunden war, waren die Menschen aus der Sozialbehörde nicht auszuhalten. Sein Betreuer, ein großer und dünner Mann fragte sogar mich aus und wollte wissen, ob ich ihn gesehen hätte. Salim war noch nicht 18, so dass sein Betreuer sein Verschwinden genau verstehen wollte.

Bei Bleta in der Wohnung waren auch alle nervös. Es ging nach wie vor das Gerücht um, mehr albanische Familien würden nach Mazedonien abgeschoben werden, da es dort nicht mehr gefährlich sei.

Bletas Eltern, die ich nie vorhergesehen hatte, stritten sich, ich schnappte nur ein paar Wörter auf: „Vielleicht nach Schweden oder Finnland ... so lange wir hier sind, ist es einfacher. Das ist doch kein Leben ... Kinder werden immer größer. Was ... haben sie hier?“, sagte Bletas Mutter besorgt. Sie sah ein bisschen aus wie Frau Schmidt, nur war sie größer und hatte blondes Haar, genau wie Bleta.

Er erwiderte genervt: „Ob Schweden oder Deutschland, ist doch alles das gleiche. Wir bleiben hier und warten ab. Wir haben vielleicht Glück und werden doch nicht abgeschoben“, sagte ihr Vater. Er war auch ein großer Mann, hatte pechschwarzes Haar und trug eine Goldkette mit einem Anhänger. Der Anhänger war ein doppelköpfiger Adler.

Bletas Eltern beachteten mich nicht. Ich sagte zwar Hallo, aber es schien sie nicht zu interessieren.

Bleta hatte ein paar Gläser auf ein Tablett gestellt und schenkte ein. Ich hatte ein paar Erdnüsse mitgebracht. Sie machte die Tür zu ihrem Zimmer zu.

Noch immer kam ich gar nicht dazu, Bleta zu erzählen, dass ich Daniel geküsst hatte und wir die deutschen Papiere bekamen. Da hier so viel los war, schwieg ich lieber. Außerdem hatte ich mal wieder ein schlechtes Gewissen. Ich war nicht mal ein Jahr in Deutschland und mein Leben verlief viel besser als das von Bleta, die schon seit Jahren hier lebte.

In der Zwischenzeit kamen auch noch Thilara und Helena. Wir alle wollten wissen, was mit Salim geschah und waren traurig darüber, dass er einfach verschwand, ohne ein Wort zu sagen. Er muss sehr verzweifelt gewesen sein. Über das Madonna-Konzert sprachen wir wenig. Fast gar nicht. Alle Blicke richteten sich auf Bleta.

„Warum hast du nix gesagt, dass er verschwindet", sagte Thilara zu Bleta. Plötzlich sprach sie im perfekten Hochdeutsch, so als wäre sie plötzlich ein ganz anderer Mensch.

Die beiden konnten sich nicht so gut leiden. Ich glaube, Thilara war auf Bletas blonde Haare neidisch. Unterschiedlicher hätten sie ja aber auch nicht sein können.

„Weil ich es ihm versprochen habe", verteidigte sich Bleta schulterzuckend.

„Ich wette, du weißt, wo er sich versteckt. Du weißt doch auch sonst immer alles?", sagte Thilara.

Bleta war genervt: „Was ist dein Problem, warum sorgst du dich um ihn? Du kennst ihn doch gar nicht – und jetzt spielst du die Mutter Theresa hier?"

Thilara schoss zurück: „Mit deiner möchtegern-coolen Art kannst du höchstens eine Schildkröte beeindrucken."

Helena ging endlich dazwischen: „Kommt Mädels, das hat keinen Sinn. Was ist das für eine blöde Diskussion. Salim ist untergetaucht und ich bin mir sicher, nach ein paar Wochen werden wir ihn irgendwo wiedersehen. Vielleicht ist das für ihn besser so. Hier hätte er doch immer Angst haben müssen, abgeschoben zu werden."

Ich sprang ihr bei.

„Mädels, Schluss jetzt. Wir können es in Moment nicht ändern und zicken hier rum. Mann! Wir hatten gestern so ein schönes Erlebnis, lasst uns das einfach noch ein bisschen feiern. Habt ihr die Kostüme von Madonna gesehen? Und was für schöne Tänzer sie dabeihatte?"

Thilara ließ sich aber nicht bremsen und ging so gar nicht auf meinem Kommentar ein: „Du hast doch auch keine Papiere, Bleta. Tauchst du jetzt auch bald unter und lebst illegal mit Salim zusammen? Du weißt, wo er ist", sagte sie provozierend.

Bleta war fassungslos: „Sag mal spinnst du, was fällt dir ein, so mit mir zu reden? Kümmer dich um deine eigenen Sachen! Du nervst!"

Thilara schnappte ihre Tasche und ging zornig. Als sie durch die Tür ging, flog sie wie eine Fee. Ihre Haare flatterten. Ich hatte das Gefühl, sie würde jetzt abheben. Ich lief ihr nach, aber sie wollte auch mit mir nicht reden.

„Ich habe dir doch nichts getan", schrie ich hinterher „Warte!"

Ich konnte nichts tun. So kam ich wieder zu den Mädels zurück. Ich war auch wie erstarrt und wusste gar nicht, wohin mit mir.

Helena war das Ganze zu viel. Sie machte so große Augen, dass ich das Gefühl hatte, sie könnten jederzeit platzen.

Bleta zuckte mit den Schultern und sagte: „Kann ich ja nicht wissen, dass sie so darauf reagiert. Echt eine blöde Kuh."

Helena schenkte sich noch Tee ein und sagte: „Du hättest sie ja nicht gleich rausschmeißen müssen."

„Ja sie ist doch rausgerannt! Ich lass mich doch nicht so blöd von der anmachen."

Und dann wechselte sie das Thema: „Hört mal, Mädels, lasst die. An meinem Geburtstag nächste Woche will mich mit euch ausgehen. Vielleicht hat sich bis dahin auch Thilara beruhigt. Sie kann mit, wenn sie will. Ich werde 17 und möchte das feiern. Es gibt eine Motto-Party, die von MTV in der Stadt organisiert wird. Dort will ich mit euch mit. Sucht euch ein Kostüm aus und kommt alle mit."

Wir alle fanden, dass das eine super Idee sei. Und schon wieder gingen wir zusammen auf die nächste Party. Ich überlegte, Bleta zu fragen, ob ich Daniel auf die Party mitnehmen dürfte, aber dieser Mädels-Abend erschien mir unpassend dafür. Ich musste das in einer ruhigen Minute machen. Wenn wir alleine waren.

Seit dem Madonna-Konzert hatte ich Daniel nicht mehr gesehen. Auch an dem Abend verabschiedeten wir uns eher schnell. Fast verlegen. Wir hatten keine Möglichkeit, über den Kuss zu reden. Auch sonst hatte ich bisher mit niemandem über den Kuss geredet. Ich hatte zwar bei Bleta nach dem Konzert übernachtet, aber Salims Verschwinden überschattete alles, so dass ich das mit meinem ersten Kuss erstmal für mich behielt.

Ich schwänzte zweimal den Nachhilfeunterricht. Ich hatte Schiss, ich wusste nicht, wie ich ihm begegnen sollte. Immerhin war ich diejenige, die ihn geküsst hatte. Er wiederum hatte nichts von mir; keine Telefonnummer, keine Adresse, er konnte mich gar nicht finden, selbst wenn er wollte.

Mit meinen Eltern wollte ich gar nicht über den Kuss reden. Sie würden mir bestimmt tausend Vorträge halten. Wie ich mich schützen soll, nicht schwanger werden soll, bla.

Und jetzt? Thilara war stinkig auf mich, obwohl ich ihr nichts getan hatte. Außerdem hatte Thilara noch gar keinen Jungen geküsst, so konnte ich mit ihr nicht darüber reden. Helena auch nicht. Aurora war irgendwie total verändert, sie schien viel zu sehr damit beschäftigt zu sein, ihre Beziehung zu Branko geheim zu halten, als sich meine Geschichten anzuhören. Sie hatte genug eigene Probleme.

So musste ich die Sache wohl oder übel erstmal für mich behalten. Vielleicht wäre Bletas Party nächste Woche eine gute Gelegenheit, mit ihr darüber zu reden.

Eine Woche war seit dem Konzert und Salims Verschwinden vergangen. Meine Eltern freuten sich auf unsere Zukunft in Deutschland. Seit der Sache mit den deutschen Papieren durch war, schienen sie zufriedener. Oma Emine ging es nach wie vor ganz gut, obwohl der Krieg im Kosovo noch nicht vorbei war.

Alles schien so schön und friedlich in meinem neuen Leben, so dass ich mir so langsam wie im Märchen vorkam. Mit Thilara hatte ich noch immer nicht gesprochen, aber ich war mir sicher, irgendwann würde sie mit mir sprechen wollen. Sie brauchte bestimmt Zeit zum Nachdenken.

Am Sonntag wollte ich den ganzen Tag mit meinen Eltern im Heim verbringen. Ich kochte mit ihnen das Mittagessen, es gab Kartoffelbrei mit Karotten und Rindergulasch.

Mein Papa scherzte: „Aus dir machen wir noch eine richtige Hausfrau, Era."

„Macht nix Papa, leckeres Essen kochen sollte jeder können", sagte ich.

Das Essen schmeckte sooo gut. Beim Mittagessen beschlossen wir, abends einen Film zu schauen. Mein Papa hatte einen Film für sich entdeckt. „Tatort" hieß er. Kam jeden Sonntag am Abend, nach den Nachrichten mit der schrecklichen blonden Frau.

Dann am Abend, als wir es uns gemütlich machten, Tee tranken, genau ein paar Minuten vor dem Film, klopfte es an unserer Tür. Eine Frau meinte, am Telefon im Aufenthaltsraum hätte ein Mädchen nach mir verlangt. Ich ging runter, meine Eltern kamen mit.

Es war Bleta mit zittriger Stimme.

„Was ist denn los? Bist du krank?", fragte ich.

„Kannst du kommen?", sagte sie im Ernst. „Hier ist überall Polizei."

„Okay, wir kommen sofort." Ich wusste nicht, was los war, aber wir zogen los und waren schnell da.

Vor Bletas Haus wimmelte es nur so von Polizisten. So als wären Bleta und ihre Familie gefährliche Terroristen, die den Bundeskanzler umbringen wollten. Wir gingen hoch, alle weinten. Überall lagen Sachen herum, Turnschuhe, Klamotten, Schminke, Bettwäsche, Tassen und Teller.

Bleta rannte in meine Richtung und umarmte mich. Ein Polizist rief: „Beeilung." Sie hatte nur eine kleine Tasche in der Hand. Sie trug eine enge schwarze Hose, ein weißes langes Shirt mit der Aufschrift „I love Berlin", die Haare hatte sie zu einem Knoten zusammengesteckt. Sie weinte. Ich weinte mit ihr mit.

Wir hielten uns fest, bis sie sagte: „Wir werden nach Skopje gebracht. Sie haben uns eine halbe Stunde Zeit gegeben, alles zu packen. Stell dir vor, eine halbe Stunde!", dann zeigte sie mir ihre Tasche.

Eine Zahnbürste, ihr Schminkbeutel, ein Schlafanzug, Socken, T-Shirts zum Wechseln, CDs von Michael Jackson.

„Das hier darf ich mitnehmen. Der Rest bleibt hier. Nimmst du ein paar Sachen mit? ..." – ihre Gedanken flogen sonst wohin, sie war völlig fertig.

„Du hast solches Glück, Era, dass du hierbleiben darfst. Mazedonien ist ein fremdes Land für mich. Was soll ich da? Warum tun sie uns das an?"

„Ich weiß nicht Bleta, ich weiß es nicht. Es tut mir sehr leid."

Ich hatte keine Antworten für sie, und meine Eltern natürlich auch nicht. Sie schüttelten einfach stumm den Kopf. Ich hatte nur warme Tränen, die mir die Wange herunterschossen und mir das Gefühl gaben, an meiner Sprachlosigkeit zu ersticken.

Ich brachte nur ein, „Viel Glück, ich habe dich lieb und ich komme dich bald besuchen", über die Lippen. Mehr nicht. Wir hielten uns einige Minuten fest. Sie roch wie immer nach frischen Äpfeln. Danach wurden sie in das Polizeiauto abgeführt.

Ihre Eltern, ihre Geschwister alle wurden wie Gefangene behandelt. Fast nichts durften sie mitnehmen, ein leichtes Gepäckstück. Und dann wurden sie einzeln abgeführt, wie Schwerverbrecher.

Bleta weinte. Sie wischte sich immer wieder übers Gesicht. Auch ihre Eltern weinten. Ihre Geschwister waren wie eingefroren. Einige hatten nur ihre Schlafanzüge an. Niemand, auch nicht meine Eltern, verstanden, warum das so sein musste. Alles ging so schnell.

Als der Polizeiwagen losfuhr, drehte Bleta sich um, um mir zu winken. Ich winkte ihr, bis der Wagen nicht mehr zu sehen war. Sogar mein Papa weinte. Das war das zweite Mal, dass ich ihn weinen sah.

In diesem Moment, dachte ich, passiert eine der größten Ungerechtigkeiten der Welt. Man hat nicht einmal die Wahl, selbst zu entscheiden, in welchem Land man leben wollte.

„Was kann Bleta denn dafür, dass sie jetzt abgeschoben wird? Warum darf sie nicht hierbleiben?", schrie ich fast schon.

Meine Eltern konnten mir keine Antwort geben.

Deutschland mochte ich an diesem Tag nicht. Bletas schlimme Geschichte erinnerte mich stark an das, was Oma Emine über ihre Freundin Lana und die Deutschen erzählte.

16. Das Leben geht immer weiter

Berlin, 1997

Ein kluger deutscher Mann aus Prag, Rainer Maria Rilke, sagte: „Wer weiß, wer ich bin, ich wandle und wandle mich."

Ich glaube, er meinte damit, dass der Mensch sich immer verändert. Und dass selbst schlimme Erfahrungen, wie ich sie gemacht habe, einen zum Positiven verändern können. Einen stärker machen können.

Ich hatte innerhalb kürzester Zeit viel erlebt. Vor allem liebe Menschen verloren. Salim und Bleta.

Bletas Abschiebung machte mein Herz beinahe kaputt.

Es war so, als ob ein Loch in meinem Herzen dadurch entstanden wäre. Und das tat sehr weh. Jetzt ging es mir wie Aurora: Ich ging nicht aus dem Haus, ich aß nichts, ich redete nicht, ich lachte auch nicht, in der Schule machte ich blau. Ich hatte keine Kraft hinzugehen. Ich konnte mir nicht vorstellen, ohne Bleta in der Klasse zu sein. Meine Eltern sorgten sich: „Era, bitte iss was, Bleta ist doch nicht tot, sie kommt bestimmt gut zurecht in Mazedonien. Sie ist ein tapferes Mädchen", ermutigte mich meine Mutter.

„Wenn sie etwas älter ist, kommt sie bestimmt wieder alleine nach Berlin, um zu arbeiten. Berlin wird immer ihr Zuhause bleiben. Egal wo sie ist. Das Leben geht weiter, auch Bletas Geschichte geht weiter. Wirst sehen", so versuchte mein Vater meine Laune zu heben.

Nichts half.

Die Tage zogen sich müde und regnerisch dahin. Meine Laune wurde kaum besser, ich wusste nichts mit mir anzufangen und schleppte mich lustlos zur Schule.

Eines Abends klopfte es an unserer Tür. Meine Eltern machten auf. Ich hörte eine männliche Stimme. Sie redeten ein paar

Sekunden und dann sagte Papa: „Era, du hast Besuch, ein Schulfreund ist da.“

Ich schaute neugierig auf den Gang – und: Daniel! Er sah genauso schön aus, wie an dem Abend beim Konzert. Er lächelte mich an, legte aber doch den Kopf etwas schräg an seine Schulter und schaute ernst. Er merkte, dass unsere Stimmung gedämpft war. Er hatte einen Blumenstrauß und eine Packung Mohrenköpfe. Als ich ihn sah, zogen sich meine Mundwinkel bis zu den Ohren.

Und dann fiel mir Oma Emines Spruch ein. Als ich im Garten mit ihr als kleines Mädchen Erdbeeren sammelte, sagte sie:

Era, das Glück kommt zu denen, die lachen.
Man muss das Lachen nur finden.
Ich hatte es nun gefunden.

Nachwort

Meine Protagonistin Era ist eines von vielen Mädchen, die während des Kosovo-Konfliktes eine neue Heimat in der großen Welt suchten und fanden. Mein Buch ist keine Autobiographie, sondern ein Roman. Er hat aber einen biographischen Hintergrund. Auch meine Familie litt über Generationen unter dem serbischen Regime. Mein Vater setzte sich für Freiheit und Demokratie im Kosovo ein und wurde dafür verhaftet. Er war drei Jahre in politischer Gefangenschaft. 1993 bekam er politisches Asyl in Deutschland. Das ist auch der Grund, warum wir hier leben.

Als Familie gehören wir dem muslimischen Kulturkreis an. Wir sind sunnitische Muslime. Allerdings sind wir nicht religiös. „Unsere wahre Religion ist der Humanismus", hieß es bei uns zuhause immer wieder. Danach bin ich erzogen worden. Meine Eltern sind überzeugte Demokraten und Europäer. Sie haben mit vielen kosovo-albanischen Traditionen gebrochen, so dass meine Geschwister und ich demokratisch und liberal groß geworden sind.

Dafür bin ich meinen Eltern sehr dankbar.

Meine Kindheit in Prishtina war schön, meine Jugend in Mannheim noch viel schöner. Als Teenie war ich oft hin und hergerissen, zwischen Trauer und Freude. Während ich in Mannheim auf Konzerte ging, mein erstes eigenes Geld verdiente oder verliebt war, befanden sich meine Cousinen, Tanten, Onkel und Großeltern im Kosovo im Krieg. Oft hatte ich deswegen ein sehr schlechtes Gewissen, weil ich mehr Glück hatte als sie.

Der Krieg im Kosovo endete 1999 durch den NATO Eingriff. Zu dieser Zeit waren fast eine Million Kosovo-Albaner auf der Flucht. Viele von ihnen fanden im deutschsprachigen Raum, vor allem in Deutschland, ein Zuhause. Dafür sind sie sehr dankbar.

Man kann es nicht anders sagen: Viele Kosovo-Albaner lieben Deutschland.

Der Kosovo wurde nach dem Krieg unter die Obhut der UN gestellt. Die Kosovaren bildeten nach und nach eine eigene Staatsverwaltung. Diese war von Korruption, Bestechung und Kriminalität geprägt. Das ist leider noch heute der Fall.

2008 erklärte sich der Kosovo unabhängig. Seitdem versucht die EU, gemeinsam mit der Mission EULEX und der kosovarischen Regierung, für Rechtsstaatlichkeit und Demokratie zu sorgen. Doch das gelingt nicht wirklich: Über die Hälfte der Bevölkerung ist arbeitslos. Viele Menschen leben in absoluter Armut, mit einem Euro am Tag. Noch heute haben die Kosovaren nicht ausreichend Strom und Wasser. Noch heute gibt es keine gute Gesundheitsversorgung. Keine stabile Wirtschaft. Das Bildungssystem sollte nach dem Krieg neu aufgebaut werden, aber auch da gibt es bis heute kaum Fortschritte. Einigen Hochschullehrern, aber auch Ärzten und Richtern, wird Korruption und Bestechung vorgeworfen.

Im Kosovo ist es bis heute schwierig zu unterscheiden zwischen der organisierten Kriminalität und der Regierung. Man muss auch strikt trennen zwischen der Bevölkerung und der herrschenden politischen Elite. Die Bevölkerung im Kosovo ist meist einfach, ungebildet, gutgläubig. Das sind Menschen, die über Jahre Leid, systematische Diskriminierung und Hass erlebt haben. Menschen, denen fast immer Bildung und Fortschritt verwehrt geblieben sind. Ihnen kann man schnell das Blaue vom Himmel versprechen.

Aus diesem Grund hat es die politische Elite im Kosovo sehr leicht. Seit Jahren verschwinden EU-Gelder in den Taschen der Herrschenden. Die Bevölkerung bekommt kaum etwas davon, sie wird mit nationalistischen und patriotischen Parolen verblendet. Unter den Herrschenden im Kosovo sind oft Familienclans, die das Sagen haben. Diese Menschen haben gar kein Interesse daran, dass sich irgendetwas im Kosovo verändert. Das würde bedeuten, sie müssten ihre Macht abgeben. Und davon sind diese Leute meilenweit entfernt. Mit ihnen legt man sich lieber nicht an.

Im Kosovo leben albanische Christen, albanische Muslime sowie eine kleine jüdische Minderheit friedlich miteinander. Historiker gehen davon aus, dass bis zum 16. Jahrhundert über 90% der Albaner Christen waren. Durch die Herrschaft des Osmanischen Reiches auf dem Balkan wurden viele von ihnen islamisiert. Dadurch konnte der Islam, vor allem im Kosovo, aber keine großen Früchte tragen. Viele Menschen im Kosovo leben heute nur eine spirituelle Form des Islams. Das zeigen auch Beobachtungen von Menschenrechtsorganisationen. Das heißt: einige fasten im Ramadan, viele feiern den Bayram, aber es gibt keine Zwänge, in die Moschee zu gehen, ein Kopftuch zu tragen, Arabisch zu lernen oder den Koran auswendig zu können. Alkoholische Getränke sind auch nicht verboten. Im Kosovo hat die Weinkultur sogar eine lange Tradition

Viele Juden fanden während des Zweiten Weltkrieges Schutz in Albanien und dem Kosovo. Grund dafür ist die *Besa*, ein Ehrenkodex der Albaner, dieser ist fest verankert im albanischen Gewohnheitsrecht. *Besa* heißt „das Versprechen." Das Versprechen, Menschen in Not zu helfen. Daran hielten sich Christen und Muslime. Die Kosovo-Albaner sind ein gutes Beispiel für gelebte Toleranz zwischen den Religionen. Im Kosovo sind sogar christlich-muslimische Ehen üblich. Der Kosovo ist mit seinen 1,8 Millionen Einwohnern ein säkularer Staat. Doch die soziale Misere im Land treibt heute zahlreiche junge Menschen in die Hände der Islamisten. Viele Männer, aber auch Frauen zogen bereits in den Dschihad und kämpften beim IS mit.

Als Frau im Kosovo kann man großes Glück haben und in einer Familie hineingeboren werden, die einen mit allen Freiheiten ausstattet. Man kann aber auch Pech haben und in eine Familie hineingeboren werden, die einer frau keinerlei Rechte zuspricht. Das heißt, das Leben von Frauen im Kosovo ist davon abhängig, wo sie leben, in der Stadt oder im Dorf. Und in welcher Familie sie aufwachsen.

Tendenziell ist es so:

Vieles was das traditionelle Zusammenleben zwischen Mann und Frau im Kosovo regelt, fußt auf dem Kanun, dem alten Gewohnheitsrecht (Ehrenkodex) der Albaner. Unabhängig davon, ob sie Christen oder Muslime sind. Das zeigt nicht nur meine Beobachtung, sondern auch die Beobachtung von diversen Frauenrechtsorganisationen.

Der Kanun ist das mündlich überlieferte Gewohnheitsrecht der Albaner, das bekannt ist als *Kanun des Leke Dugagjini*. Dieses Stammesrecht ist weit vor dem Christentum und dem Islam entstanden, enthält aber christliche Elemente und schwirrt noch heute in den Köpfen mancher Menschen herum.

Im Kanun spielt die Ehre der Familie eine große Rolle. Die Frau hat darin eine minderwertige Stellung, sie gilt als „Schlauch" in dem die Ware transportiert wird. Sie hat kein Erbrecht. Sie muss als Jungfrau in die Ehe gehen und ist dazu da, Kinder zu gebären, zu Hause bleiben und dem Mann zu dienen. Das Buch schreibt vor, falls die Frau Ehebruch begeht, hat ihr Mann das Recht, sie zu töten. Auch die Blutrache, die noch heute u.a. teilweise im Norden Albaniens stattfindet, beruht auf dem Kanun. Die Frau ist von der Blutrache ausgeschlossen, da ihr Blut dafür zu unwürdig ist.

Das erklärt sehr gut, warum viele Frauen im Kosovo, Christinnen wie Musliminnen, noch heute tendenziell kein sexuelles Selbstbestimmungsrecht haben. Eine kosovo-albanische Frau, die unverheiratet ihre Sexualität auslebt, gilt schnell als „leichtes Mädchen" und „beschmutzt" damit die Ehre der Familie. Aus diesem Grund wird die Sexualität von Mädchen und unverheirateten Frauen im Kosovo sehr genau beobachtet. Auch einige unverheiratete Kosovarinnen, die in Deutschland, der Schweiz oder Österreich aufwachsen, leben ihre Sexualität *nur* heimlich aus.

Arrangierte Ehen sind im Kosovo üblich, aber nicht an der Tagesordnung. Vereinzelt gibt es auch Zwangsheiraten. Selbiges gilt für die Kosovo-Albaner in Deutschland, Österreich und der Schweiz. Der Druck, in die eigene Community einzuheiraten, ist groß. Es wird nach wie vor nicht gerne gesehen, wenn Söhne oder Töchter Nicht-Albaner heiraten. Bei einigen Familien kommt es sogar vor, dass sie die Kinder verstoßen, wenn sie keinen albanischen Partner finden.

Kosovo-albanische Frauen haben heutzutage zwar per Gesetz, also in der Theorie ein Recht auf Erbe, aber die Realität schaut oft anders aus. Alles wird an die Söhne vererbt, da sie als Stammhalter gelten. Es ist sogar gesellschaftlich verpönt, wenn Töchter sich das Erbe erstreiten.

Natürlich gibt es auch diesbezüglich Ausnahmen: Es gibt viele kosovo-albanische Väter – so wie mein Vater – die ihre Töchter im Testament als Erben eintragen. Aber es gibt auch viele Väter, die das Erbe lieber entfernten männlichen Verwandten geben, als es ihren Töchtern zu übertragen.

Eine unverheiratete, geschiedene oder vergewaltigte Frau verliert in der kosovo-albanischen Gesellschaft oft ihren Wert. Uneheliche Kinder werden versteckt oder zur Adoption freigegeben.

Die Beziehungen zwischen Kosovo und Serbien sind weiterhin gespannt. Der größte Teil des Landes ist zwar weitgehend stabil, aber im nördlichen Kosovo kommt es immer wieder zu Auseinandersetzungen. Die von Belgrad unterstützte serbische Bevölkerung im Norden versucht, die kosovarische Regierung zu bekämpfen, weil diese ihre Kontrolle auf das ganze Land ausweiten möchte. Zudem erkennt die serbische Regierung 2018 die Unabhängigkeit des Kosovos nicht an.

Serbien hat sich bis heute für die grausamen Taten gegenüber den Kosovo-Albanern und den Kosovo-Albanerinnen nicht entschuldigt. Noch heute werden viele Menschen vermisst, die während des Krieges verschleppt worden sind. Noch heute leben tausende vergewaltigte Frauen im Kosovo in Scham.

Der Kosovo gehört zu den ärmsten Ländern Europas. Auch wenn das Leben dort nicht sehr gefährlich ist, verlassen die Menschen immer wieder das Land und fliehen nach Deutschland. Allein im Jahr 2015 kamen tausende Kosovo-Albaner als Flüchtlinge hierher.

Mit meinem Buch möchte ich diese eine Geschichte erzählen, eine Geschichte über ein fast vergessenes kleines Land in Europa. Damit möchte ich niemanden verärgern, schon gar nicht manche meiner Landsleute, die mit Kritik, wenn sie vor allem von einer Frau kommt, nur schwer umgehen können. Aber die Wahrheit, auch wenn sie weh tut, muss gesagt werden.

Denn nur, wenn wir die Wahrheit aussprechen, können wir uns als Menschen, aber auch als Gesellschaften weiterentwickeln.

Um es mit den Wörtern der wunderbaren
Deborah Feldmann zu sagen:
„Nur durch die Wahrheit kann die Welt
ein besserer Ort werden.“

Herzlichst,
Arta Ramadani

Dank

Von Herzen danke ich meinen Verlegern Lojze Wieser und Erika Hornbogner für ihr Vertrauen, das sie mir geschenkt haben. Mit Euch beiden war es unkompliziert. Leicht. Produktiv. Ich habe gleich gewusst, dass meine Geschichte bei Euch bestens aufgehoben ist. DANKE!!!

Ich danke meinem Lektor Dr. Carsten Schmidt, weil er mein Anliegen verstanden hat. Carsten hat mich mit seinem kreativen Kopf immer in die richtige Richtung geschubst; Ohne ihn wäre Era nur halb so cool geworden.

Ein großes Dankeschön geht an meine liebe Familie:

Mein Papa Tefik und meine Mama Hatixhe glauben immer an mich. Sie sind immer für mich da. Sind die liebsten und tollsten Eltern, die man sich vorstellen kann. Meine Eltern haben mir gezeigt, dass man im Leben zwar alles verlieren kann, aber dass man die Kraft und die Hoffnung finden muss, um immer wieder von vorne anzufangen, ohne dabei das Lachen zu vergessen.

Meine Schwester Vjosa ist meine beste Freundin, ihr danke ich für ihre weisen und klugen Ratschläge. Sie ist ein Engel und zeigt mir jeden Tag, wie ich ein noch besserer Mensch werden kann.

Meinem Bruder Visar danke ich für seine Ehrlichkeit, für seinen guten Musikgeschmack, für seine smarten Ideen & Denkanstöße, aber auch für seine schonungslose Kritik.

Last but not least, danke ich meinen Freundinnen & lieben Weggefährten, die mein Leben bereichern:

Franzi, Vero, Elea, Cheila, Melike, Tharaka, Jana, Carina B., Elme, Frederike, Halim M., Anja, Lisa, Kathrin, meiner Cousine Rina, Cynthia, Hanni, Sarah, Hee-Jeong und Christina-Maria.

Vielen Dank auch an meine Chefs und Kollegen im Sender, die mich unterstützen und an mich glauben.

Und – natürlich DANKE an MADONNA Ciccone
für die Inspiration, dieses Buch zu schreiben.